U0684627

中国文学大师讲

生活与爱情

陈思和　郜元宝　张新颖　等著

四川人民出版社

图书在版编目（CIP）数据

中国文学大师讲. 生活与爱情 / 陈思和等著. —— 成都：四川人民出版社，2025.1
　ISBN 978-7-220-13214-8

　Ⅰ. ①中… Ⅱ. ①陈… Ⅲ. ①中国文学—现代文学—文学研究②中国文学—当代文学—文学研究 Ⅳ.①I206.6

中国国家版本馆CIP数据核字（2024）第076860号

ZHONGGUO WENXUE DASHI JIANG: SHENGHUO YU AIQING

中国文学大师讲：生活与爱情

陈思和　郜元宝　张新颖　等著

出 版 人	黄立新
策划统筹	李淑云
责任编辑	朱雯馨
装帧设计	李其飞
责任校对	吴　玥
责任印制	周　奇

出版发行	四川人民出版社（成都三色路238号）
网　　址	http://www.scpph.com
E-mail	scrmcbs@sina.com
新浪微博	@ 四川人民出版社
微信公众号	四川人民出版社
发行部业务电话	（028）86361653　86361656
防盗版举报电话	（028）86361661
照　　排	四川胜翔数码印务设计有限公司
印　　刷	四川五洲彩印有限责任公司
成品尺寸	130mm×185mm
印　　张	5.5
字　　数	95千
版　　次	2025年1月第1版
印　　次	2025年1月第1次印刷
书　　号	ISBN 978-7-220-13214-8
定　　价	48.00元

▶目 录◀

1

成长的代价就是丧失天真吗

金理讲张爱玲《沉香屑·第一炉香》之一

一

1943 年的一天，经人引荐，张爱玲挟着她的两部小说稿，拜访《紫罗兰》杂志主编周瘦鹃。

当夜，周瘦鹃于灯下展读小说稿，不禁为之击节称赏，并很快将它们在《紫罗兰》上相继推出，头一篇即是《沉香屑·第一炉香》。这是张爱玲初登文坛发表的第一篇小说，那一年她二十三岁。

下面，我们依照主人公葛薇龙心路历程的展开，来解读《沉香屑·第一炉香》。

在故事起点，薇龙就精心策划，为了得到经济上的资助以便留在香港完成学业，她瞒着自己的双亲，独自向与父母断绝了关系的姑妈求助。

这位姑妈年轻的时候独排众议，不顾家人反对，毅然嫁给年逾耳顺的富商，专等老公过世以继承遗产。成了寡妇之后，她却永远填不满心里的饥荒，于是四处交际，四处求爱——这已经是一种变态的爱：变态地补偿当年在追求巨额财富的过程中所失去的、被压抑的青春和感情。虽然薇龙在此之前没有见过姑妈梁太太，但她对于姑妈的斑斑劣迹早有耳闻，然而这丝毫没有动摇她投寄到姑妈门下的决心。

二

我们一方面梳理薇龙的心路历程，另一方面也不要忽视这个过程中很多精彩纷呈的细节。

张爱玲是最擅长驱遣、运用意象的文学天才，我们不妨先分析两处意象。

第一处意象，在还没见到梁太太之前，小说叙述薇龙眼中的景物，特别提到杜鹃花，有一引人注目的描写：

> 草坪的一角，栽了一棵小小的杜鹃花，正在开着，花朵儿粉红里略带些黄，是鲜亮的虾子红。墙里的春天，不过是虚应个景儿，谁知星星之火，可以燎原，墙里的春延烧到墙外去，满山轰轰烈烈开着野杜鹃，那灼灼的红色，一路摧枯拉朽烧下山坡子去了。

这一段文字写得十分铺张、秾丽，到底意味着什么呢？

花开得如此声势浩大，却给人某种不踏实、莫名惊恐的感觉。尤其是将盛放的花势比作燎原之火，且连用"轰轰烈烈""摧枯拉朽"等词语来形容，让人预感到即将引起毁灭性的灾难。

此外，花常常是女性的代码。首先这是梁太太的家，是她家院中的花，因而我们不免先联想到梁太太，"星星之火"之所以"延烧到墙外去"，不正是指她引诱了薇龙的堕落？其次，这里的花不仅喻人，而且是欲望的隐喻，如此盛大，正是指一种强烈膨胀的欲望及其毁灭性（参见高恒文《故事隐喻——〈沉香屑·第一炉香〉的文本分析》）。而且这欲望不仅在梁太太身上灼烧，也延烧到薇龙身上，薇龙被梁太太诱发之后，欲望也一发而不可收……这处杜鹃花开的意象，既指涉下文情节的展开，也暗示人物的命运走向。

第二处意象，第一次见到梁太太，从薇龙的眼里，她看到这一幕：

汽车门开了，一个娇小个子的西装少妇跨出车来，一身黑，黑草帽檐上垂下绿色的面网，面网上扣着一个指甲大小的绿宝石蜘蛛，在日光中闪闪烁烁，正爬在她腮帮子上，一亮一暗，亮的时候像一颗欲坠未坠的泪珠，暗的时候便像一粒青痣。那面网足有两三码长，像围巾似的兜在肩上，飘飘拂拂。

这里的"绿宝石蜘蛛"让你想到什么？

蜘蛛结网的目的是等待飞虫自投罗网，梁太太也正在等待薇龙这样的猎物，这层意思想必能首先浮现在大家脑海中。除此之外是否还有深意呢？不知道大家看过动画片《黑猫警长》没有，里面的大坏蛋"一只耳"出场的时候其实一点都不可怕，因为它的外貌形象就奸诈得很，观众们早有防备。《黑猫警长》中最恐怖，或者说最容易引发道德紧张感的一集，是关于螳螂的。螳螂夫妇新婚，但是第二天早晨，人们发现新郎不见了，只剩下残缺不全的肢体，原来新郎居然被新娘给吞吃了，情投意合的人之间怎么会发生惨剧呢？

其实这不是惨剧，只是动物的自然特性。而蜘蛛也具备这样的特性，在交配后，雄蛛须立即离开，否则将被雌蛛吃掉，因为雌蛛会将雄蛛作为营养补充以等待生产。

大家还记得梁太太是如何发家的吗？你看，蜘蛛的这两种特性——结网捕猎和吞吃配偶作为营养，分别用来隐喻梁太太的过去和现在——过去，梁太太是通过继承丈夫遗产来迅速积累财富，现在则在等待薇龙自投罗网。由此可见，张爱玲笔下的意象繁复而精致，且意味深远。

三

薇龙第一次进姑妈家门，为了见到姑妈，她甘愿受到梁太太的丫鬟、下人的冷嘲热讽，甘愿面对姑妈不客气的驱赶——当薇龙自报家门之后，姑妈劈头盖脸地责问"葛豫琨（薇龙的父亲）死了么""你快请罢……"，在经受了这一顿抢白和辞客令之后，薇龙终于得到了在梁太太家中寄宿的资格。

请注意，年轻人进入豪宅，这是一个自19世纪现实主义文学传统以来的重要文学主题——个来自外省或乡村地区的年轻人进入城市，进入豪宅，该主题往往隐喻的是"天真的丧失"。

但是且慢，薇龙是不是单纯如一张白纸？

初访梁家，她居然承受住了梁太太那番换了谁都不免难堪的刻薄抢白，并且还能卖巧弄乖，不失时机地说上些赔笑的话；针对丫鬟睨儿的宽慰，薇龙居然以守为攻，一雪前耻。

小说里写：

薇龙笑道:"姐姐这话说重了!我哪里就受了委屈?长辈奚落小孩子几句,也是有的,何况是自己姑妈,骨肉至亲?就打两下也不碍什么。"

这句话说得很漂亮,表面上很漂亮,言下之意却是在警告睨儿:你是丫鬟,身份是下人,我却是梁太太的亲侄女,我们地位天差地别,请注意不要越界⋯⋯

我们再举一例说明薇龙的小心机:梁太太在家里举办派对,其目的是勾引小鲜肉卢兆麟。派对上,大家拍手要求薇龙唱歌,一曲终了,博得满堂彩,薇龙却"固执不肯再唱了",原因是"她留心偷看梁太太的神色,知道梁太太对于卢兆麟还不是十分拿得稳,自己若是风头出得太足,引起过分的注意,只怕她要犯疑心病"。可见薇龙察言观色的本领,这是她寄人篱下的本钱。所以说,薇龙具备相当的与世俗事务和人际关系纠缠的能力。

但我们千万不要高估薇龙的能力,事实上,薇龙对自己能够持守"出淤泥而不染"的这种愿景估计得过于乐观,而对正在暗中觊觎和步步紧逼着自己的险恶环境和恶俗势力远远估计不足。事实证明,薇龙自身的实力根本不足以与之抗衡。

现在,我们可以对主人公下一断语,薇龙这个女孩子，有点头脑，有点能力，但毕竟不成熟，生活在满脑子的幻想中；就凭她那点有限的手腕，置身在如此险恶的环境中，根本无法确保自身"出淤泥而不染"。

对这番断语，你是否觉得细思极恐，尤其联系到《甄嬛传》之类的故事：原来，一个人的天真是要靠某种能力、手腕才能保持的，可是，一提到"能力""手腕"这样的词，不免就和算计、机心、步步为营联系在一起，而这些原本是天真的反面啊。莫非，成长的代价就是丧失天真？这些问题，就留给大家思考吧。

人生真的无法推倒重来吗

金理讲张爱玲《沉香屑·第一炉香》之二

一

我们再回到葛薇龙的心路历程，她不顾忌姑妈的劣迹斑斑，甘愿承受丫鬟们的冷嘲热讽和姑妈劈头盖脸的一顿抢白，终于让自己留在了姑妈家里。

这个时候，对于自己的处境，薇龙未必没有预判。她想道："至于我，我既睁着眼走进了这鬼气森森的世界，若是中了邪，我怪谁去？可是我们到底是姑侄，她被面子拘住了。只要我行得正，立得正，不怕她不以礼相待。外头人说闲话，尽他们说去，我念我的书。将来遇到真正喜欢我的人，自然会明白的，决不会相信那些无聊的流言。"

这里有几点值得注意：一、薇龙非常明白梁太太的为人和自己的处境；二、薇龙此刻对梁太太还保持着某种道德批判的距离，认为自己跟她不是一类人；三、她对梁太太当然有戒心，但天真地相信亲情会拘住梁太太的手脚，使自己不至于受到伤害。

然而，现实马上会粉碎薇龙的天真和自信。

寄居梁家，最先对她那颗稚嫩而又富于敏感的心灵造成震撼性效果的，要算是打开房里衣橱那一瞬间。梁太太实在老奸巨猾，有意为薇龙备好一橱奢华的衣饰，她吃准了薇龙的心理，这个女孩子表面上说是为了继续学业，但她也是抵挡不住上流社会浮华生活的诱惑的。当薇龙打开衣橱，这满满一橱色色俱全、金翠辉煌的衣饰，一瞬间就击溃了她原先道德家教下培养起来的全部矜持和自信（参见李振声、张新颖：《张爱玲作品欣赏》）。

张爱玲细致描写了薇龙此时的心理过程：她首先的反应是，这些衣服"是谁的"，接下来到底"不脱孩子气，忍不住锁上了房门，偷偷地一件一件试着穿，却都合身"，于是才省悟，原来这都是姑妈特地为她置备的，薇龙不免发出感慨："这跟长三堂子里买进一个人，有什么分别？""长三堂子"是那个时候对妓院的俗称。显然至少在此刻，薇龙对于卖身的危险有着戒心。但是又抵不住物质的诱惑，在睡梦中"恍惚在那里试衣服，试了一件又一件"，于是自言自语地说了一句"看看也好！"——这句话是针对上文中的自我警戒而言的，让这条警戒线松脱了一些：言下之意是"我就看看，看看总不要紧的吧"，这实则是对于接下来的

9

行为做一种开脱，第一个口子被撕开了，之后便一发不可收拾……

请注意，"看看也好"这句话说了两次，并且后一次是薇龙特意发出声音来说的，表明她已经开始认可了姑妈对她的人生安排，甚至迫不及待地希望粉墨登场，含有一种跃跃欲试的意味,小说中特意强调她是"微笑着入睡"的，就是说，此时她的自我感觉特别好（参见高恒文:《故事隐喻——〈沉香屑·第一炉香〉的文本分析》)。很显然，这和薇龙上床前的自我警戒已形成鲜明的对照。

总之，尽管薇龙不是没有过挣扎，甚至也不是没有过反抗，但最终都是清醒、主动地选择被浮华的物质生活所俘获，小说写"薇龙在衣橱里一混就混了两三个月"——这句话不动声色又惊心动魄。

二

一番斟酌之后，薇龙准备委身于乔琪，然而乔琪是个花花公子，他的滥情，促使薇龙和姑妈产生最严重也是最后一次冲突。于是薇龙立下重誓:"我回去，愿意做一个新的人。"姑妈却说:"你来的时候是一个人。你现在又是一个人。你变了，你的家也得跟着变。要想回到原来的环境里，只怕回不去了。"

最后这句话"只怕回不去了",说得真是太恐怖了,为什么梁太太总是捏准薇龙的七寸,她对人性的洞察这么透彻,在她当年用青春换取金钱的岁月中,是不是也曾有过内心的挣扎?所以她深知人性的黑暗与软弱,所以这句"只怕回不去了",看似轻描淡写,实则有很沉重的力量。

饶有意味甚至可以说反讽的是,薇龙偏偏这时病倒了,"回去"的计划也就此延搁下来,病中却有这样一番自我剖析:"薇龙突然起了疑窦——她生这场病,也许一半是自愿的;也许她下意识地不肯回去,有心挨延着……说着容易,回去做一个新的人……新的生命……她现在可不像从前那么思想简单了。"——这一刻我们终于看清,薇龙的对手,不是姑妈,而是她自己内心深处的物质欲望,而姑妈只是这种欲望的象征。薇龙终于彻底"投降",她未来的人生已无须赘述,用小说中的一句话就可以交代——"从此以后,薇龙这个人就等于卖给了梁太太与乔琪,整天忙着,不是替乔琪弄钱,就是替梁太太弄人。"

当薇龙立下重誓说"我回去,愿意做一个新的人"时,我相信,读者此刻肯定会心头一震!然而张爱玲不留情面地把所有希望都扑杀了。为什么薇龙不能从梁太太家里出走?为什么她"回不去了"?为什么人生不可以推倒重来?

三

五四新文学作家热衷于书写"出走"的故事，从封建旧家庭中出走，从作为传统象征的家长的庞大阴影下出走。但是张爱玲不喜欢这种故事，在《中国人的宗教》这篇散文中，她提出这样的批评："小说戏剧做到男女主角出了迷津，走向光明去，即刻就完了——任是批评家怎么鞭笞责骂，也不得不完。"张爱玲反感这种浪漫主义的姿态，故事往往只是写到"出走"便戛然而止，仿佛一"出走"，便从黑暗旧家庭一步登天到了阳光灿烂的新天地。张爱玲眼中的现实不是这样的（参见毕婧:《成长的故事:〈传奇〉的反浪漫叙事》）。

类似的人物和主题，我们还可以比较张爱玲《沉香屑·第一炉香》中的葛薇龙和曹禺《日出》中的陈白露，两部作品都是写"堕落"女人的故事，对此大家可以去读一读许子东《一个故事的三种讲法》。

《日出》表现为一个纯洁善良的女人因为罪恶的社会环境而遭受了厄运，人的无辜与环境的罪恶二元对立，所以合乎当时要求社会变革的意识形态诉求。但是薇龙的堕落，不仅仅由于外在环境与制度的罪恶，我们上文分析其心路历程的演变，可以发现，薇龙走上这条堕落的路是出于自愿的选择，她所走的每一步，其实都有进退的可能。

比如当她意识到姑妈在用一橱衣饰诱惑她，"这跟长三堂子里买进一个人，有什么分别？"——这是薇龙第一次清晰地警觉到姑妈的意图，这个时候她是可以走出梁宅的。再比如，她立下誓言要做一个"新的人"，这个时候依然可以回头是岸。但在张爱玲看来，基于某种普遍的人性弱点，薇龙放弃了抵抗，无法做一个"新的人"。由此我们才能理解为什么张爱玲在小说中一直提到薇龙是"一个极普通的上海女孩子"，这是要我们照照镜子啊，我们每个人身上是不是都有薇龙的影子呢？

我们真的"回不去了"吗？

之所以解读这篇小说时我们把重心放在薇龙心路历程的展开上，原因在于，我们如何直面薇龙的困境：如果你是薇龙，你会迎来"新的人生"吗，还是和薇龙一样"回不去了"？

设身处地，当那一橱金碧辉煌的衣饰打开时，你是否能弃门而去；当你表示"我回去，愿意做一个新的人"之后，是否能言出必践？也许虚荣、情欲等确实是人性的弱点，但是人毕竟不是动物只会依照本性来放纵，古人说"人之异于禽兽者几希"，虽说人和动物的差别只有一点点，但毕竟是有差别的吧，人是有理性的，能够自我克制，有所为有所不为。——但每当我们这样想的时候，似乎就感到张爱玲在旁边冷笑：

人真的是这样的吗？

　　我们来看小说的结尾：薇龙乘坐的汽车开入街道的深处，这时张爱玲写了这样一句意味深长的话："花立时谢了，又是寒冷与黑暗。"——这里一点光明的可能性都没有，反而是在暗示，薇龙决定沿着堕落的方向，绝不回头。张爱玲似乎在提醒甚至讽刺读者，你们不要再一厢情愿了，人是没有那么大力量的，人是没有那么多选择余地的。张爱玲就是这样决绝！人生真的无法推倒重来吗？这个问题，也还是留待大家进行更深入的思考吧。

面对生活危机的自救
金理讲张悦然《家》

一

张悦然成名很早，当年顶着"新概念作文大赛一等奖得主""80后作家""玉女作家"等名号出道。

今天我们回望，当年和张悦然一起出道的同代写作者，有的已经转行，从事其他职业，甚至不知所踪。所以，尽管我们对张悦然的创作可以有各种各样的评价，但是她特别让人尊重的地方在于：文学也许是一场马拉松式的事业，而张悦然恰恰具备了长跑选手的潜质，她有耐心、心无旁骛，专注于文学技艺的打磨。

我们要讨论的这部作品《家》写于2010年，对于张悦然的创作整体过程而言，《家》表现出某种转型的意味。

小说的女主人公叫裘洛，我们先来看看她是什么样的一个人，她的生活状态如何。

小说第一段这样描写裘洛的起床——

她在床上躺了很久。直到时间差不多了，才套上睡裙，到客厅里打开音乐，走去窗边，按下按钮，电动窗帘一点点收拢，她眯起眼睛，看着外面红得有些肉麻的太阳。然后洗澡，用风筒吹干头发，煮咖啡，烤面包，到楼下取了当日的报纸，放在桌上。

这是非常典型的小资女性的生活画面，看起来，物质需求早已得到满足。接下来开始收拾行李，为离家出走做准备，"电吹风，卷发器，化妆品，唱片，书籍，她苛刻地筛选着陪她上路的每一件东西，放进去，又拿出来……"这个犹豫、反复、手足无措、"放进去，又拿出来"的细节，似乎在暗示：物质需求已得到极大满足，选择的自由似乎也充分实现，但反而无所适从。

在去超市之前，因为距离开门还有半小时，裘洛读了一会儿书——

她坐在沙发上，把那本读了一半的小说粗略地看完。寡淡的结尾，作者写到最后，大概也意识到这是一个多么虚伪的故事，顿时信心全无，只好匆匆收场。裘洛已经很久没看过令她觉得满意的结尾了，很多小说前面的部分，都有打动人的篇章，但好景不长，就变得迷惘和失去方向。

你看，像裘洛这样的小资女性往往是文学青年，她们气质忧郁，在阅读的过程中也在张望自身当下的生活，"变得迷惘和失去方向"的，不仅是小说内的人物，也是小说外的自己。同时，一般来说，文学青年也拥有超乎常人的敏感。比如，裘洛发现女友割了双眼皮，居然由此推定"这个世界从一开始就在说谎"。再比如，当男朋友井宇不辞而别时，裘洛设想最多的就是背叛。显然，她对于身边的世界缺乏基本的信任感。

小说这样来描写裘洛这一天干了些什么——

10点钟，她来到超级市场。黑色垃圾袋（50cm×60cm），男士控油清爽沐浴露，去屑洗发水，艾草香皂，衣领清洗剂，替换袋装洗手液，三盒装抽取式纸巾，男士复合维生素，60瓦节能灯泡，A4打印纸，榛子曲奇饼干。结算之前，又拿起四板五号电池丢进购物车。

12点，干洗店，取回他的一件西装，三件衬衫。

12点半，独自吃完一碗猪软骨拉面，赶去宠物商店，5公斤装挑嘴猫粮，妙鲜包10袋。问店主要了一张名片，上面写有地址和送货电话。在旁边的银行取钱，为电卡和煤气卡充值。

　　下午1点来到咖啡馆。喝完一杯浓缩咖啡，还是觉得困，伏在桌上睡着了……

　　上述冷漠机械的叙述语调都在暗示读者：主人公一整天的生活都被安排在刻板的日程表上，这是多么乏味、让人厌倦啊。

　　通过上面这些细节的分析，我们可以了解到，裘洛遭遇了一场生活的危机，所谓危机，并非是指物质待遇上无法得到满足，而是指精神世界没有出路。如果按部就班不做改变的话，那么未来的生活一眼可以望穿，就像小说中裘洛的女友以及老霍太太那样，只有物质而没有灵魂。看上去，裘洛享有充分的自由，但依然面临着意义匮乏的焦虑，用小说中的话来讲，她渴求出门寻找"崭新的生活"。

二

　　对于裘洛来说，内部的焦虑已经涌动而出，如何在百无聊赖中重建生活的意义，现在还需要一种来自外部的救赎力量。

　　这个时候，地震发生了，离家的裘洛和男友不约而同地奔赴救灾现场。恰如青年批评家杨庆祥的分析："一场历史的灾难成全了无数个体解放的渴望。……地震提供了这样的一个历史现场，在这个现场里面，个体突然意识到自己的主体性和真实的存在感，他们不再是躲在空房间里面的可以被随时替代的虚假的主体，他们也不是被日程表和物质符号所控制的'单向度的人'。"（参见杨庆祥:《当代小资产阶级的历史意识和主体想象——从张悦然的〈家〉说开去》）

"单向度的人"这个术语来自哲学家马尔库塞，指的是在发达工业社会中，人们丧失了自由和创造力，不再想象或追求与当下不同的另一种生活。这就是裴洛们焦虑的根源所在。

我们上面所分析过的裴洛小资女性的生活，是张悦然早期写作反复出现的主题。而《家》的转型意味就在于，通过裴洛的自救，张悦然企图告别这种生活，而救赎的契机来自于一场地震。

2008年汶川特大地震，是张悦然这一代"80后"青年人的社会评价发生巨大转变的标志性事件。

此前2006年，《中国青年报》社会调查中心与搜狐、新浪两大门户网站合作开展一项网络民意调查，共有3457名"80后"的前代人参与。在他们眼里，"80后""永远以自己为中心"（61.4%）、"不愿意承担责任"（53.1%）、"总是高估自己的能力"（64.2%）（《"80

后"——请别误读这两亿青年》,《中国青年报》2006年4月3日)。而在汶川特大地震和北京奥运会之后,对"80后"的社会评价明显趋于正面、积极,类似"感动中国""撑起中国的脊梁"等字眼纷纷占据媒体视野。尤其是,"80后"在救灾中的表现赢得广泛赞誉,一举颠覆先前人们对这一群体的消极认识。

这也是张悦然真实的经历与体会。

地震发生后,她奔赴北川救灾现场,在博客中她非常诚恳地写道:"这场参与救援的经历,之于志愿者自己的意义,也许远远大于对外界的。这更像是一段自我洗涤,洁净灵魂的路途。当他们怀着奉献和担当的虔意,在这条路途中忙碌着的时候,他们的灵魂正在抖落厚厚的尘埃,渐渐露出剔透晶莹的本质。"(张悦然《在汶川之二》)

对于张悦然而言,她和裘洛们参与救灾,某种意义上是自我的救赎。其实在张悦然此前的写作中,少女出走是反复演绎的主题(比如《毁》《霓路》等),或者出于和成人世界的无法沟通,对理想或未经历的生活的幻想,或者就是青春期没有理由的理由,这些"出走"没有明确方向,出走的女孩们恍若迷途羔羊般流浪着,对于身处的历史变迁毫无所知,也缺乏改变现状的能动性。

终于,《家》这篇小说做出了改变,张悦然笔下的青年人和一次历史性事件相遇，此前淹没在刻板的日常生活里的裘洛们被解放出来，成为行动的主体，在介入社会与历史的过程中获得了救赎——这也许可以视作青年一代的成长。

如何把握理想与现实之间的关系

金理讲叶弥《成长如蜕》

一

创作于 1997 年的《成长如蜕》是叶弥第一个中篇，初刊于《钟山》杂志，旋即被很多刊物选载，并获得该年度全国最佳小说奖。

叶弥属于那种一夜成名又非常低调、产量不高但质量非常稳定的作家。她得过鲁迅文学奖，另一部作品《天鹅绒》曾被姜文导演改编成电影《太阳照常升起》。叶弥出生在苏州，"文革"初期刚六岁，就随父母全家下放苏北农村，八年后才再次返城，不久父母经营有方，成为事业有成的企业主。

介绍上面这段经历，大家就会发现和《成长如蜕》的情节有不少重合，所以可以这么说，这部作品打动人心之处正在于，小说中隐含着作家成长过程中真切的心灵隐痛。

小说的主人公是"弟弟"，一个天真的对世界怀抱理想主义态度的青年人。但"弟弟"周围的所有人对他这种状态都极为不满。

比如说，父亲给他安排了公司的职务，但"弟弟"不愿意接受，周围的每一个人都希望"弟弟"按部就班地进入成功人士的生活轨道，"弟弟"同样不愿意接受。这部小说就是作为一个反叛者的"弟弟"归顺父亲、归顺世俗社会的故事。我们就从父亲和"弟弟"之间的关系来进入这部作品的解读。

"父与子"是经典的文学主题。父亲和"弟弟"的冲突，不是简单的两个个体的冲突，冲突背后也展示出两代人、两种不同价值观念的碰撞。但是在《成长如蜕》中，即便把父亲看作世俗生活、强权意志的代表，把"弟弟"看作追求自由和理想生活的代表，我们肯定也会发现，貌似极端对立的两人也有着惊人的一致。

比如，当看见"弟弟""整天津津有味地做着一些无关紧要的事"，父亲不免想起自己做"看门老头"时的时光，他把这段生活而不是发家致富后的生活视作"一生中最自在的日子"。也就是说，父亲在当下的儿子身上看到了自己当年的影子。

又比如，父亲发财后曾回到以前下放过的大柳庄，小说是这样写的：

一九九二年夏，我父亲带着弟弟回到大

23

柳庄。父亲的用意很明显。他开着自己的轿车，西装的口袋里鼓鼓囊囊地放满了崭新的十元钱。他带来的轰动效应不下于省委书记下乡，甚至比之更热闹。父亲到每一家熟人家里都坐一下，听着埋怨或者诉说，欣赏着因崇敬而焕发的满脸红光和导致的手足无措。父亲眯着眼睛看上去是要慈祥地微笑……在听完许许多多的诉苦以后，才不慌不忙地从口袋里掏出准备好的钱发放。

无疑，这是一种施舍，也是一种报复，以伤害他人尊严的方式来满足自己曾经失落的尊严。目睹这一切的"弟弟"非常不满，信誓旦旦地告诉父亲："不，我决不会像你这样污辱他们。"

多年之后，当众叛亲离之后，"弟弟"开始报复他的朋友，小说里这样描写他采取的报复方式："愤愤然地在朋友面前炫耀起财富。他开着轿车撞来撞去，他一身的名牌，腕上戴着瑞士牌全金表。他上朋友家里去的时候带着贵重的礼物，总能叫朋友的妻子发幽古而思今，想入非非而不满现状"，这样做的时候他"很舒服"。就像小说中的感慨：这一刻，"冥冥之手操纵着弟弟重复我父亲走过的路"，多么可怕的"冥冥之手"，让如此针锋相对的两代人被塑造成一个模样。

二

在"弟弟"遭遇的大大小小的纷争、冲突中，我们还应该重视来自多年好友钟千里的欺骗与讹诈。

钟千里从外地打了一个电话，以充斥着谎言的方式向"弟弟"讨要巨额的钱财。在此前，当"弟弟"面对类似情形的时候，肯定会倾其所有地去帮助自己的朋友，但这一次"弟弟"只带了三万块钱去赴会。在与钟千里见面之后，待"弟弟"终于人财两空之后，他终于向世俗世界投降了。

所以，我们可以把"弟弟"的这一场赴会理解为"弟弟"的最后一场战役，他在进入这场骗局的时候已经不像以前那么"傻"了。而且"弟弟"非常清楚地知道，这将成为一个转折点，我们可以揣摩"弟弟"此行的目的：对于在朋友身上发现久违的友谊，"弟弟"其实也没抱多大指望；更重要的是，希望以这次行动来给自己安排一个仪式，所以临行前特意给最好的朋友阿福上坟，既是祭拜亡友，也是告别过去的自己。岂止是告别，简直是埋葬旧我。

所以，"两个自我"的关系是：一个自我在做最后的抗争，而且是有限度的抗争，毫无先前的自信，甚至战斗号角吹响的那一刻已经想见了溃败的结局，多么悲壮的抗争；另一个自我在赏鉴这幕"自杀"的仪式，看着以前的自己慢慢死去，给自己一块墓碑，一个理由，仿佛在劝告自己——你看，所有的人都没有办法再提供给"我"温暖、提供给"我"求证理想生存的依据与可能；能够提供的人又早已长眠地下，没有其他选择了……

在这之后，"弟弟"顺应了时代，顺应了世俗生活，结束流浪，终于回到了父亲为他设计的人生道路，回到了周围所有的人所期望的、所谓"正常的"生活轨道。

检讨发生在"弟弟"身上的悲剧，除开来自外部的强敌，这其中肯定有个人主观的原因。比如，看待事物的时候无法建立起完整的视野，而对自身已经固化的偏狭的视野又缺乏自省的能力，这是"弟弟"的病根。

他一度跑去西藏，去寻找另一片圣地，回来之后，"谈起了西藏的所见所闻，他眉飞色舞，对西藏的风土人情，对西藏人的粗犷质朴和对神灵的极度虔诚赞不绝口"，似乎得偿所愿，但有个细节透露出"弟弟"在西藏真实的困顿与潦倒，一次醉酒后躺倒在酒店角落的沙发上，小说是这样写的："他醒来的一刹那间心怀恐惧，以为是睡在西藏的某个肮脏简陋的小旅馆里。"更妙的是作家在这句话之后还加了个括号，告诉我们这是"弟弟"心中"不可与人言说的真实"。

这一笔直指"弟弟"思维方式的荒谬：这类人心

中有一个稳固的理想，这个理想是不能去触碰的，哪怕现实中有细节戳穿、揭开了理想中所充斥的谎言，也宁愿把这些真实细节放逐掉，以此掩饰、圆满那一虚妄的理想。还有，"弟弟"无法建立起一种正常的生活或工作状态，总是趋于两个极端：要么沉湎于幻想之中，此时他意气风发，因为心中有理想，但整个人亢奋得就好像腾云驾雾，根本无法降落到现实中；而幻想一旦破灭就歇斯底里、放纵自己……

总之，这类人物根本没有办法在理想和现实的结合点上展开有效的实践。

三

《成长如蜕》的复杂性在于，我们无法用泾渭分明的态度来面对"弟弟"这个人物形象。

如果读者就坚定地支持"弟弟"，认为"弟弟"一点没有错，举世皆浊你独清，你在捍卫人类最宝贵、在今天也最稀少的品质、价值。或者将立场反过来，读者就认定"弟弟"是个傻瓜，世界在向右，凭什么你要向左，什么"与整个世界为敌"不过是年少轻狂罢了，像"弟弟"这样的人，就是市场经济发展必然的牺牲品，一再沉溺在幻想中不敢去认清现实，并不值得同情。

你看，这是两种针锋相对的立场，如果能够坚定站在以上这两种立场的任何一边，读这部小说、面对"弟弟"这个人物的时候，都不会有那种心痛欲裂的感受。而心痛的原因恰恰在于：当我坚定地支持"弟弟"的时候，当我回忆自己人生旅途中某一阶段也曾像"弟弟"那样张狂而勇敢，这时我却会想到我所喜爱的这个人物身上有那么多致命缺陷；而当我坚决地批判"弟弟"的时候，我又会反问自己，真的可以把"弟弟"所有的拼搏一笔抹杀吗？我们都记得，"弟弟"身上最突出的特征就是像堂·吉诃德一样，不轻易让渡内心坚守的空间。

　　总而言之，"弟弟"这个文学形象之所以复杂、拒绝简单的归类与判断，原因正在于：他紧贴着时代与社会跳动的脉搏，而读者在面对这个人物时心绪的无法平静，恰恰因为我们在面对小说当中"弟弟"这个人物的时候，就好像在照镜子。在镜子当中，我们既看到了"弟弟"，也看到了我们自己。这部小说是如此诚恳，也逼迫着读者诚恳地去看清楚自己的面貌，去反省自己和上一代人的关系、和这个时代的关系，以及理想与现实之间的关系。

举起全部的生命呼唤

郜元宝讲路翎《财主底儿女们》之一

一

天才作家路翎（1923—1994）的长篇小说《财主底儿女们》（上下部）分别完成于1943年和1944年，主要描写1932年一·二八抗战至1941年苏德战争爆发期间，苏州富户蒋捷三的儿女们各自的人生经历，其中蒋家三少爷蒋纯祖的形象最具光彩。

这个人物的特点，是彻底割断了与破落大家族的情感纽带，从学生时代起就脱离家庭的束缚，狂热地追求和响应着时代精神的号召，经过"旷野"上各种残酷的淬炼，背对热闹的名利场，深入芜杂的民间社会，自觉与广大民众结合，虽英年早逝，而且似乎也并没有成就什么伟大的事业，甚至始终未能克服若干明显的人格与心理缺陷，但按照作者的说法，蒋纯祖的短暂人生还是抵达了大多数人"因凭信无辜的教条和劳碌于微小的打算而失去"的"目标"。换言之，蒋纯祖通过不屈不挠的奋斗，既没有被各种流行理论所欺骗，也没有沉沦于卑微琐碎的物质生活的算计，最终在精神上跟那个时代"深沉的、广漠的、明确而伟大的东西联结在一起"[1]，由此实现了他的人生价值。

蒋纯祖在小说上部第三章出场时，是"一个穿着短裤，兴奋而粗野的少年"，正和表姐沈丽英的女儿陆积玉进行着"做梦般的恋爱"。这种亲戚间少男少女的恋爱并不渊源于《红楼梦》——蒋纯祖把陆积玉比作1931年4月巴金翻译出版的高尔基短篇小说集《草原故事》里的俄罗斯少女，二姐蒋淑华也告诉她的未婚夫汪卓伦，蒋纯祖"没有受过我们所受的那种教育。他们占了便宜"。汪卓伦对此表示首肯："是的，年青人不同了。"

蒋纯祖确实慢慢显露了他的"不同"。

比如，他不管少女陆积玉的胆怯与羞涩，只想满足自己的感情需求，恨不得要陆积玉当众接受自己的爱情。他对陆积玉的爱明显带有少年人所特有的傲慢与偏执。比如，他明明知道全家人（包括冒着严寒专程从苏州赶到南京的老父亲蒋捷三）都在拼命寻找疯癫而失踪的大哥蒋蔚祖，可当他在南京火车站遇见蒋

1　本文引用《财主底儿女们》小说原文，均据人民文学出版社1985年"中国现代文学作品原本选印"版。

蔚祖时，却光顾着追赶同学们，只给了蒋蔚祖一点钱，就极不负责地放走了浑浑噩噩的大哥，这才导致蒋蔚祖步行回苏州的一段"荒唐的旅程"。比如，蒋纯祖一味欺负崇拜他的陆积玉的弟弟陆明栋，尽管他自己也被别的他所崇拜的男孩欺负。

对恋人，对亲人，对朋友，蒋纯祖都显示着冲动、野蛮而冷酷。他对家人尤其冷酷无情，直到走向生命终点，都没有很好地与家人和解。他缺钱时会想到向家人（尤其是大姐蒋淑珍）要钱，平时则把家人和家事完全抛在脑后，一言不合，就会猛烈地攻击家人。比如他认为忍辱负重的大姐蒋淑珍比堕落的女性"胡德芳们"和思想落伍的"蒋少祖们"更可怕，他认为从蒋淑珍身上可以明白"为什么很多人那样迅速地就沉默，并且明白，什么是封建的中国底最基本、最顽强的力量，在物质的利益上，人们必须依赖这个封建的中国，它常常是仁慈而安静，它永远是麻木而顽强，渐渐就解除了新时代底武装"。

他从小就不屑过贵族少爷那种养尊处优的生活。他喜欢离群索居，依靠自己的力量探索人生的意义。当蒋家上上下下跟大嫂金素痕一家的官司打得如火如荼时，他完全置身事外。他感到南京的生活窒息着思想上没有出路的青年人，总是号称要"走到远远的地方去！我要找一片完全荒凉的地方，除了雪和天以外，只有我自己",但他又梦想有个苏菲亚那样的俄罗斯少女在雪中"找寻"他,而他则要拿出拿破仑之剑拯救整个世界。他的感情过于激烈,思想活跃而混乱,甚至很早就想到"怎样过活,怎样死去呢"。

1936年底西安事变爆发,蒋纯祖敏锐地感到国家民族将要面临巨大危机和挑战,更加变得"态度阴沉"起来,决心要"好好地做人! 好好地,为了祖国,为了人类!"

果然,1937年淞沪会战打响,政府发布疏散令,沪宁两地开始大规模流徙,蒋家人都要去汉口,读了几本关于民族战争的哲学书的蒋纯祖却益发"狂热起来",有一种被"拯救"的感觉。他渴望在战争中赢取未来,获得新生,不听全家人劝告,坚持迎着战火走向上海。二哥蒋少祖严肃地批评他对"人民"和"生活"的空洞信仰,不惜以自己年轻时代被欺骗的经历告诫弟弟不要成为被人利用的盲动的青年。这反而刺激了蒋纯祖的自尊心,他毅然决然离开全家,奔向战火中的上海。这时候,蒋纯祖的内心充满着个人主义、英雄主义和浪漫主义的激情,"'中国,不幸的中国啊,让我们前进!'蒋纯祖说,在空旷的街上踏着大步"。

二

1937 年秋末，"中国军队退出上海，在南京和上海之间没有能够得到任何一个立脚点，开始了江南平原上的大溃退"，"蒋纯祖和朋友们在上海战线后方工作。上海陷落时，军队混乱，蒋纯祖和一切熟人失了联络，疾速地向南京逃亡。蒋纯祖，是像大半没有经营过独立的生活，对人生还嫌幼稚的青年一样，在这种场合失去了勇气，除了向南京亡命以外没有想到别的路。他是没有一点能力，怀着软弱的感情，被暴露在这个各人都在争取生存的残酷的世界中"。

蒋纯祖在 1937 年 12 月初随着潮水般的难民退到南京，但日军"差不多和他们同时到达南京外围"。逃进大姐蒋淑珍一家遗弃的空屋子的第二天，就遭遇日军攻城，孤独惊骇中的蒋纯祖哭了。"蒋纯祖，是以这个伤心的哭泣，来结束了他在投向世界的最初的经验：这个世界是过于可怕，过于冷酷，他，蒋纯祖，是过于软弱和孤单。"

从南京死里逃生之后，蒋纯祖随着一群溃败的散兵沿着长江，先后逃过江苏、安徽、江西的平原和丘陵地区，经过常州、镇江、芜湖、马当、安庆、九江，最后到达武汉。尽管一路上到处都是"房屋稠密的村镇"，"富庶的平原"，有着"完好生长的小麦和玉米"，一派"安宁的景象",但蒋纯祖坚持将这些地区称为"旷野"。因为在逃难的路上,蒋纯祖"不再遇到人们称之为社会秩序或处世艺术的那些东西了"。这是人性的"旷野",而非自然的"旷野"。在这样的"旷野",在"各人都在争取生存的残酷的世界中",蒋纯祖遇到太多原始的强力,似乎一切良心和文明的堤防都被冲垮了。

但在这样的"旷野"之上,经过试炼的人类良知和友爱就弥足珍贵。比如,因为怜悯、宽恕和拯救别人而遭到被怜悯、被宽恕、被拯救的野蛮之徒射杀的工人领袖朱谷良和为国捐躯的二姐夫汪卓伦的高贵形象,就深深镌刻在蒋纯祖心中。蒋纯祖不断敬悼这些平凡的时代英雄们的亡魂,从而汲取奋斗的力量。

三

1938 年初,走过苏、皖、赣三省"旷野"而暂居武汉大姐家的蒋纯祖展开了新的生命"突击"。但这第一步,竟然是一连串的莽撞而荒唐的恋爱。

首先是继陆积玉之后,又和大姐蒋淑珍的女儿傅钟芬产生了同样带有乱伦性质的恋爱。他和傅钟芬一起加入"救亡团体",后来又一起加入"合唱队"。恋爱中的蒋纯祖突然显示了据说是在上海战火中就已经显露的音乐天赋。他成了合唱队的主唱,还学会了作曲——听着武汉"春夜的急雨"，蒋纯祖作曲怀念"旷野"上的同志朱谷良，祝祷其"心灵要长存"。

年轻的蒋纯祖无法抵御身体的诱惑，急欲从外甥女傅钟芬身上偷尝禁果。但傅钟芬的"游戏爱情"令他痛苦，而心里的"另一个蒋纯祖"又"严刻地观察，并批评"着他的一举一动。他痛斥自己虚伪、卑劣，一度从青春的欲望燃烧退回到古代虚弱的"道学思想"，由此陷入情与理的剧烈冲突。

为了克服这个苦恼，蒋纯祖离开大姐家，加入一个由清一色青年男女所组成的"演剧队"，蒋纯祖感觉跳入了青春的熔炉，很快就摆脱了"道学思想"，寻找新的恋爱对象。他迅速暗恋上只身从上海逃亡到武汉的成熟娴静的少女黄杏清，对她展开并不见诸实际言行的心理想象和密语式互动。在蒋纯祖心目中，黄杏清被想象成"宁静的女神""露西亚的少女""崔莺莺"的综合体。他模仿屠格涅夫小说《贵族之家》男主人公站在女主人公利萨的窗口浮想联翩的情景。

傅钟芬将蒋纯祖的思想的犹疑多变理解为胆怯与"软弱"，非常不满，最终移情别恋。黄杏清其实也早就名花有主。认清这一事实之后，骄傲的蒋纯祖认为他的恋爱并非获得异性，而是"更尊敬，更爱自己"。于是他告别并祝福这两位少女，在贝多芬的交响乐的鼓励下继续追求"青春的光明的生活"。

演剧队进入四川的巴东和万县时，发生了内部因恋爱纠纷而起的政治对立。以王颖为首的"左"倾领导集团暗中联络，对蒋纯祖发起突然袭击，给他扣上小资产阶级、个人主义甚至反革命的帽子。蒋纯祖不为所屈，舌战群儒，发挥了雄辩的天才。

五四以来，个人主义和集体主义、小资产阶级和革命始终是对立统一的关系。"左联"成立之后，二者变得不可调和，激烈的冲突并未因"左联"解散而消失，反而完整地复制和延伸到抗战文化队伍中。集体主义在这时表现为真理在握的赤裸裸的威权意志、不择手段的小集团和宗派的权谋。这种自我论争自我加冕的架空的真理论视小资产阶级的感性与幻想为仇敌，不惜以突然袭击、阴谋联合、残酷迫害、硬扣帽子的手段予以扑灭，以达到"净化"队伍亦即大权独揽的目的。其实极左的领导者个人（王颖）服膺的只是权力，并非挂在嘴边的"真理"。

这是蒋纯祖在恋爱之余遭遇的第一场政治淬炼。他既不满演剧队这种极左氛围，又鄙视那些携带着20世纪30年代上海文化界的成就、摇身一变成为重庆文化界权威的新贵，在左右夹缝中，蒋纯祖陷入更深的迷茫。加入重庆一个更大的剧团之后，这种政治上的迷茫竟驱使他疯狂地挑战他自身的所谓尼采式弱者道德（即上述古老的"道学思想"）。他因此成为极端"自私，骄傲的人"，甚至违背良心向亲人们要钱，挥金如土；跟热情似火、号称只想活30岁的风骚的女演员高韵同居半年，堕入"色情"的放荡的深渊；连自以为可以作为最后的拯救的音乐也离他而去。

堕落中的蒋纯祖进一步看清了重庆的文艺界不过是各种名流携带各种理论轮番表演的名利场。蒋纯祖起初也想挤进去抢夺"时代的桂冠"。因为争抢不到，就嫉恨和攻击别人。高韵、迅速走红的王桂英以及某个著名剧作家，三人相见恨晚，沆瀣一气，更使蒋纯祖无法忍受。他终于告别了一度想与之结婚的高韵，重新成为孤家寡人。

在这个异常纷乱的阶段，蒋纯祖冲动、偏激、多变的心理特点暴露无遗，"他每天都迷失，他似乎是在渴望，并追求迷失，他每次都冲了出来。黑暗的波涛淹没了一切，他只在最后的一点上猛烈地撑拒着"，"今天，这一分钟，他站在这个立脚点上，明天，在他底无情的分析里面，这个立脚点便崩溃了"。最后，蒋纯祖决定接受一个朋友的邀请，远离战时陪都重庆的名利场，去距离重庆两百里、距离王定和纱厂七十里的一个名叫"石桥场"的乡下小镇去做小学教师。"让我过我自己底生活，让我唱我底歌，让我准备去死吧——但并不是为了赎罪！"

四

　　来到石桥场乡下，蒋纯祖落入了"大地主底王国"，"这是牧歌的世界，这是异教的世界，这是中国人底世界。这是壮烈的，诗意的，最美，最善的生活。这世界是蒋纯祖所拒绝，又是他所渴望的一切"。他感到自己"已经愉快地和伪善的文化告别，而粗野地生活在旷野中了"。这是继苏、皖、赣三省"旷野"之后，蒋纯祖所落入的又一个旷野。

　　路翎写蒋纯祖如何在小学教书，后来如何做了小学校长，都缺乏丰满的细节。这一点远逊于叶圣陶的教育小说《倪焕之》和柔石的《二月》。批评家胡风说，路翎让蒋纯祖离开重庆，跑到石桥场教小学，目的就是描写"在个人主义的重负和个性解放底强烈的渴望"之间奋力搏斗的青年知识分子终于"走向和人民深刻结合的路"，这似乎有些夸张。在石桥场，蒋纯祖确实结识了不少"怪人"，但除了地主、袍哥、乡下流氓和少数几个农民之外，所谓"怪人"主要就是蒋纯祖的小学同事，他们绝大多数跟蒋纯祖一样，也是小资产阶级的青年知识分子。

　　作品描写比较成功的还是蒋纯祖在石桥场的思想危机和恋爱的悲喜剧。

　　蒋纯祖问自己："我底目的是什么？"起初他也曾

经全盘欧化，后来突然警醒，"他新生活的地方，不是抽象的、诗意的希腊和罗马，而是中国"。"他反省了他底生活和热情。这里不是他所理想的那个热情，这里是个人底实际的热情：为雄心而生活，为失恋而生活，为将来的光荣而生活。""他永远不能征服他底个人的热情。现在他冷淡、厌倦，因为他发现了，他底雄心，仅仅是为了回到城里去做一次光荣的征服，是丑恶的。因为，变做一个绿的苍蝇去嘲笑蛆虫，是丑恶的。""这种个人底热情底消失，就等于生活底热情底消失。怀疑是良好的，但常常是有毒的。""他想他应该为人民，为未来工作，但在这中间他看不到一点点联系。他想过一种真实的生活，但他不能知道这种生活究竟是什么。""他竭力思索他们——他底邻人们在怎样地生活，但有时他和他们一样的穷苦，疲惫、昏沉，他不能再感觉到什么。"蒋纯祖远离了"先生们"对"桂冠"的追逐，却无法真正亲近人民。他没有安身立命之所，心中总是不安！

担任石桥场小学校长后，蒋纯祖也曾"过问事务"，并渐渐熟悉了真实社会的一角。但他总以拯救世界的英雄自居。开除拒缴学费的学生、挑动学生围攻出卖女儿的乡下女人，这两件事令他一败涂地。学生和家长们甚至贴出"打倒蒋王八！"的标语。雪上加霜的是1941年初春皖南事变波及石桥场，在阴险的政治迫害下，石桥场小学覆灭，蒋纯祖和另外三个核心人物再次穿过人生的旷野，走向重庆——这时候蒋纯祖终于认识到，重庆其实也是"旷野"，只不过涂抹了一些所谓现代文明的釉彩而已。

在石桥场和重庆之间来回奔波，真正让蒋纯祖感到终于看见生命亮光的，是他在石桥场认识的同事、跟他以及他的同志们性质完全不同的万同华、万同菁姐妹。

万氏姐妹"是这个环境里的优秀的存在。在一切东西里面，只要有一件高贵的，人们便爱这个世界了。万同华冷静、严肃、磊落，万同菁羞怯而简单，她们都是朴素的女子"，"丝毫也不懂得这个时代底夸张的言词，她们讲述她们自己底事情，用着她们底父母底言语"。骄傲、自省、尖刻、愤怒、找不到思想出路的蒋纯祖与朴实、严肃、自卑但懂得如何自卫的万同华之间萌发了新的爱情。

本来离开高韵之后，蒋纯祖已经抛弃了结婚的念头。尤其在石桥场，他目睹了太多中国的"胡德芳们"后，就是结婚之后浑浑噩噩过日子的毫无色彩的可怜的女性们，就更加不敢结婚成家。但蒋纯祖总是矛盾的。一会儿，他觉得无论环境还是主观条件都不允许他结婚；一会儿，他又觉得之所以不得平安，无所成就，就因为不敢去爱，不敢成立家庭，不能得到"像吉诃德先生底达茜尼亚一样"的理想女性。当蒋少祖来信告诉他傅钟芬和一个中学教员订婚时，蒋纯祖终于决定冒着娶一个"胡德芳"的危险，向万同华表白，要跟她结婚。

这给万同华带来"无穷的忧愁"，"她对蒋纯祖有一个固定的意见：她觉得蒋纯祖高超，古怪，有一种特殊的善良；她喜欢他底善良，他底某种傻气和天真，尊敬他底高超，而用礼节和严敬来防御他底古怪"。万同华"把蒋纯祖底这种虚浮的言词，心灵底美丽的光芒，这个时代底伤痛的宣言，放在她底真实的天秤上去衡量"，"她想她不能相信蒋纯祖没有了她便会毁灭；她谦卑地不相信这个"。"她想，那样优越的蒋纯祖所无能为力的，她必定更无能为力。"但是，"在蒋纯祖底热烈的目光底要求下，万同华点了头"，"她明白了，在她底心里，在她底眼前，以及在她底辛勤的生活里，发生了怎样的变化"。

但蒋纯祖刚提出结婚，刚逼着万同华点头，就立即怀疑和自责起来，"重新把自己撕碎了"。他不再提结婚，而"结婚底旗帜倒下去以后，爱情底旗帜便壮烈地飘扬起来了"，"他拖着万同华走下去，猛烈地向她索求一切，攻击她底感情和思想，以他底可怕的内心冲突扰乱她"。

所谓对万同华的"攻击"和"扰乱"，就是蒋纯祖要万同华在思想感情和行动上完全与自己步调一致。"对蒋纯祖内心底那种所谓时代精神，对他底优越的精神世界，万同华很冷淡；有时尊敬，有时不觉地仇视。假如她能够证实，这一切，只是蒋纯祖底自私的欲念底借口的话，她就能够放心，更爱蒋纯祖一点了。"万同华发现，"蒋纯祖是绝不会为任何对女子的爱情而牺牲性命的了；他即使连牺牲一个观念都不肯"。也就是说，蒋纯祖把自己追求的"时代精神"看得比爱情更重要。"于是他们中间起着令人战栗的斗争"，最终还是蒋纯祖胜利了。就像当初逼万同华点头一样，终于有一天"猛烈的蒋纯祖获得了她"，于是蒋纯祖决定抛弃"自私，傲慢，虚荣"，"照着一个穷人的样式，平实地为人"。

但他的思想总是瞬息万变。避难到重庆之后，他又要反抗"平庸的日常生活"，"证实自己的天才"了，万氏姐妹因此又都变成"黯淡的存在"。他在重庆给乡下的万同华写信，责望她要看见"我们时代底理想"，认为她"缺乏一切进步观念"，"他底热情，和随后的他底冷淡的、有些邪恶的信，是残酷地压迫了万同华"。在1941年4月初，他又在狂热中写信给万同华，说他实际上可以让她"自由"的。万同华本来就被蒋纯祖的忽冷忽热折磨着，更被姐姐嫂嫂们阻断了与蒋纯祖的通信，只收到蒋纯祖说要让她"自由"的信，误解了蒋纯祖，终于在哥哥的强迫下，嫁给一个科长，但心里一直深爱着蒋纯祖。

蒋纯祖陶醉于重庆文艺界一班青年朋友对他的崇拜，但很快看出"他们是信仰着公式的观念，毫不知道他们所生活的复杂而痛苦的时代的"，感到厌恶和孤独，决定还是回石桥场。但就在这时，医生对蒋纯祖做出了命将不久的诊断，"蒋纯祖冷静、颓唐下来，面对着死亡了"。"但即刻就来了可怕的热情，他觉得，他必须和死亡游戏，战胜它。"这个游戏非常残酷，"整整半个月，蒋纯祖整天关在房里，写作着。他觉得，他必须惊动他底后代，使他们感激而欢乐；他觉得，在将来的幸福的王国里，必须竖立着他底辉煌的纪念碑；他觉得，他必须赶紧地生活，在一天之内过完一百年"。

蒋纯祖临终前决定做两件事。首先，是"完成一件巨大的工作，那就是，忠实于这个时代的战斗，并且战胜自己，这个自己包含着一切恶劣的激情，包含着自私、傲慢、愚昧、最坏的，怯懦"。这是一种比喻性说法，其实就是通过写作进行深刻反省，带着美好而正确的思想告别人世。路翎当时也怀疑自己会突然病死，蒋纯祖临终要完成自己思想清理的心态，也正是路翎创作《财主底儿女们》的动机之一，所以这一节写得非常激越而饱满，作者和他的人物都想给即将告别的世界留下一份沉甸甸的精神遗嘱。

但蒋纯祖真正放不下的还是他和万同华的爱情，"他能够失去这个世界上的一切，甚至他底生命，不能失去万同华"。医生确诊之后，蒋纯祖在大姐蒋淑珍家休养没几天，就悄悄溜出来，拖着沉重的病体，依靠对万同华炽热的思念，向石桥场进发，迎接他真正的归宿，而把悲哀和回忆留给蒋家人。

重病的蒋纯祖奇迹般地在三天之内走了150里路，还坐了70多里的船，最后终于倒在离石桥场还有最后五里路的一个破败寺院，并见到了闻讯赶来的万同华。抛开一切误解，在永别之际，他们终于彻底懂得了对方，达到了精神上的完全交融。

弥留之际，蒋纯祖还要万同华为他读斯大林在1941年6月23日就苏德战争爆发向苏联人民发布的文告，"万同华底热情的声音——解除了他底罪恶底负担了。他重新看见那一群向前奔跑的、庄严的人们，他抛开了他心里的那一块沉重的磐石了。他觉得，他被那件庄严的东西所宽容，一切都溶在伟大的，仁慈的光辉中，他底生与死，他底一切题目都不复存在了"。

与万同华互剖心声，得知世界反法西斯战争拉开序幕（世界的希望），确认一己的生命真正融入了时代精神的洪流，蒋纯祖死而无憾，因为他相信自己始终响应着"我们时代英雄的号召"，"'我有错，但我始终没有辜负这个号召，并且我并没有在生活里沉没——好！’他说，好像听见了全世界的鼓掌声”。

五

路翎这部在现代时期唯一公开出版的长篇，初稿叫《财主底孩子》，他的挚友和导师胡风有时称之为《儿子们》，路翎有时则称之为《英雄们》。《财主底儿女们》是出版时的定名。不管哪个名字都清楚地表明这部80万字长篇巨制的主角乃是苏州蒋家衰败之后各奔东西的"儿女们"。他们或多或少都继承了贵族之家的财产，但身份各异，人生道路也各不相同。

三姐夫王定和（实业家兼投机商）与三姐蒋淑媛夫妇善于经营，饶有资产。他们只管自己享受，不肯向亲友们施以援手。姨娘庶出的妹妹蒋秀芳千里迢迢从镇江逃难到重庆，王定和夫妇竟然叫她在自家的纱厂做"练习生"。留美归国的四姐蒋秀菊和丈夫王伦都是神学院毕业的学生，但他们和大姐蒋淑珍的丈夫傅蒲生、表姐沈丽英的丈夫陆牧生一样，都先后做了政府职员。他们或许没有王定和那样富有，但都能维持相对体面的生活。蒋家这些中青年人，包括王定和的妹妹、被称为"新女性"的电影明星王桂英，无论在战前的南京、上海还是在战争爆发后的武汉、重庆，都追求着世俗的名利或安稳富足的日常生活。他们各自也有思想情感的波动，但根本上缺少超出个人物质生活之上的精神关切。

不同的是过早去世的有诗人气质的二姐蒋淑华，和为国捐躯的二姐夫、海军军官汪卓伦。可惜跟疯癫而死的蒋家大少爷蒋蔚祖一样，蒋淑华汪卓伦夫妇的人生故事也未能充分展开。

贯穿全书、显示了强烈的思想探求与精神挣扎的是蒋家二少爷蒋少祖。但是，集学者、思想家、国际问题专家、政府参议员于一身的蒋少祖出场时就步入了中年，他的思想探求与精神挣扎主要是书斋式的。他害怕与青年人隔绝，但实际上他与青年人的关系主要就表现为以思想界权威的"静穆"姿态居高临下地审视和批判"热烈"的年轻人的"浅薄浮嚣"。

路翎在《财主底儿女们·题记》中说，他所追求的是"光明、斗争的交响和青春的世界底强烈的欢乐"，胡风《财主底儿女们·序》说，这是一首"青春底诗"。无论"青春的世界"还是"青春底诗"，主角都并非蒋家所有儿女，而是更年轻的一代，代表人物就是蒋纯祖。

胡风说蒋纯祖承受了"更大更大的痛苦的搏斗"，虽然二十几岁就死在抗战的"后方"，但"一个蒋纯祖底倒毙启示了锻炼了无数的蒋纯祖"。路翎说："这个蒋纯祖是举起了他底整个的生命在呼唤着。我希望人们在批评他底缺点，憎恶他底罪恶的时候记着：他是因忠实和勇敢而致悲惨，并且是高贵的。他所看见的那个目标，正是我们中间的多数人因凭信无辜的教条和劳碌于微小的打算而失去的。"蒋纯祖年轻的生命究竟经历了怎样"痛苦的搏斗"？他究竟在"呼唤"着什么？在他"倒毙"之前究竟看到了怎样的"目标"？

　　本文虽然做了一些梳理和分析，但要真正回答这些问题，并不容易。

那个女人连名字也没有

陈思和讲曹禺《雷雨》之一

一

《雷雨》是一部大家都非常熟悉的作品。你即使没有读过剧本，也可能看过舞台上的演出；即使没有看过话剧，也可能看过根据话剧改编的电影、电视剧或者其他地方戏曲。可以说，这是一部家喻户晓的作品。但是，我将与大家分享的是一个与众不同的《雷雨》——我们从与周朴园一生有关的三个女人讲起。

哪三个女人呢？

一号女主人公是繁漪，其次就是鲁妈，那么还有一个女人是谁呢？是四凤吗？当然不是。我所要讲的不是《雷雨》中的三个女人，而是与《雷雨》中的一号男主人公周朴园有关的三个女人。这第三个女人，没有名字，也没有故事，但她是这个家庭悲剧中很关键的人物。因为她的出现，导致了周朴园和当年的恋人梅侍萍的婚姻悲剧。

那么，她是谁呢？

我们要分析这个女人，还是要回到《雷雨》的故事。追根溯源，那是一件发生在三十年前的风流孽债。

《雷雨》的故事很复杂。

戏剧叙事时间与故事时间是不一样的。这个戏一共四幕，发生时间只有一天，早晨、下午、当天晚上十点以及午夜两点。整个戏剧叙事的时间没有超过二十四小时。但是在这一天中发生的故事，却是三十年前的一场家庭悲剧延伸下来的，所以故事的时间整整跨越了三十年。

我们首先要讨论的是，《雷雨》所描写的这个家庭惨剧最初发生在哪一年？作家并没有明确提供故事的时间。然而在第二幕，周朴园与鲁妈邂逅的时候，两人有一场对话，提供了一条时间线索：

　　周朴园：你站一站，你——你贵姓？

　　鲁　妈：我姓鲁。

　　周朴园：姓鲁，你的口音不像北方人。

　　鲁　妈：对了，我不是，我是江苏的。

　　周朴园：你好像有点无锡口音。

　　鲁　妈：我自小就在无锡长大的。

　　周朴园：(沉思)无锡？嗯，无锡，(忽而)
你在无锡是什么时候？

鲁　妈：光绪二十年，离现在有三十多年了。

周朴园：哦，三十年前你在无锡？

鲁　妈：是的，三十多年前呢，那时候我记得我们还没有用洋火呢。

周朴园：(沉思)三十多年前，是的，很远啦。我想想，我大概是二十多岁的时候，那时候我还在无锡呢。

鲁　妈：老爷是那个地方的人？

周朴园：嗯，(沉吟)无锡是个好地方。

鲁　妈：哦，好地方。

周朴园：你三十年前在无锡么？

鲁　妈：是，老爷。

周朴园：三十年前，在无锡有一件很出名的事情——

这是《雷雨》里面关键的一场对话，里面包含了很多信息。

鲁妈提到了一个时间线索：光绪二十年，也就是1894年，甲午战争那一年。那么，那一年无锡的周家究竟发生了什么事？

这也就是周朴园要讲的"三十年前，在无锡有一件很出名的事情"。原来是周家少爷周朴园爱上了老妈子的女儿梅侍萍，两人同居，相继生了两个儿子，但因为那一年的除夕（准确地算，光绪二十年的除夕应该是1895年1月25日），周朴园要娶一个有钱人家的女人为妻，就把梅侍萍赶出了周家。

也是在一个风雪交加的除夕之夜，梅侍萍抱着出生才三天的小儿子投河自尽。现在我们已经知道，梅侍萍并没有死去，母子俩被一个好心人搭救，长期流浪在外面，也就是现在的鲁妈和他们的儿子鲁大海。

我们从两人的对话情景也可以感受到，鲁妈已经认出了站在她面前的就是三十年前的周朴园，而周朴园还没有认出鲁妈就是当年的梅侍萍，只是鲁妈的举止和口音，已经唤起了他的深层次记忆。

二

当这两位暮年的恋人陷入深层次的记忆时，他们都在强调"三十年前"发生的那场悲剧。在剧本里，还有很多对话，都一再出现这样的说法。如周朴园说："三十年的工夫，你还是找到这儿来了。"

鲁妈也有一段长长的控诉，你们听：

我没有委屈，我有的是恨，是悔，是三十年来一天一天我自己受的苦。你大概已经忘了你做的事了！三十年前，过年三十的晚上，我生下你的第二个儿子才三天，你为了要赶紧娶那位有钱有门第的小姐，你们逼着我冒着大雪出去，要我离开你们周家的门。

是吗？好像都是说，那一场悲剧是发生在三十年前。但其实，周朴园和梅侍萍的记忆里都存在一个时间错误：这个悲剧不是发生在三十年前，而是发生在二十七年前。

因为剧本已经提供了信息：鲁大海出场的时候，年纪是二十七岁。鲁大海出生才三天就发生了梅侍萍投河自尽的悲剧。这个悲剧不可能发生在三十年前，只能是在二十七年前。

那么，为什么两个当事人一再在回忆中提到"三十年前"呢？这个"三十年前"的记忆，究竟包含了什么样的真实信息？

剧本中这样写道，周朴园在第一幕要求底下人把旧家具搬到客厅去，要按照三十年前的老样子来布置。他说：

这屋子排的样子，我愿意总是三十年前的老样子，这叫我的眼看着舒服一点。

大家请注意，话剧是语言的艺术，读经典话剧一定要注意人物语言。周朴园的这句话透出了一个很重要的信息：原来在周朴园的记忆深处，"三十年前"不是一个悲剧的凄惨的记忆，而是一个幸福的记忆——三十年前的客厅布置，让他眼睛看着都感到舒服。

　　周朴园这句话里包含了这样的信息："三十年前"，恰恰是周朴园与梅侍萍相爱同居的时候。而梅侍萍在说到三十年前时，也含有同样的信息："是的，三十多年前呢，那时候我记得我们还没有用洋火呢。"这完全是一种与"三十年前"联系在一起的家庭生活的温馨回忆。

　　我们不妨推测，周朴园与梅侍萍的爱情生活维持了三年以上——从三十年前到二十七年前。因为二十七年前是一个悲惨的时刻，是他们分手的时刻。按弗洛伊德精神分析的说法，凡是你感到痛苦的、拒绝记忆的东西，你总是力图去遗忘。所以在他们二人脑子里出现的记忆，都是"三十年前"的爱情生活，而不是"二十七年前"的分手的日子。

　　我们可以算一下，他们从相爱到同居，差不多一年多时间生下了周萍，又过了一年多生下鲁大海，前后差不多就是三年的时间。或许他们相爱的时间更早一些，也就是鲁妈在前面对话里一再提到的"三十多年前"的意思。剧本表明鲁妈出场时是四十七岁，那么二十七年前她被赶出周家的时候是二十岁；她与周朴园相爱的时间，正好是十七岁到二十岁，正是人生最美好的阶段。

读了剧本之后，我不相信这两人之间是什么富人与穷人之间压迫的关系，更不是什么有钱少爷诱惑丫鬟的关系。他们不是在偷偷摸摸地男欢女爱，而是在周家同居生育。他们有自己的居室，有自己的环境布置，我们在舞台上看到的客厅的布置和老家具，就是当年梅侍萍在周家生活的真实场景。

梅侍萍被赶走以后，周朴园保持了梅侍萍当年的所有家具、所有摆设，甚至梅侍萍留下的照片。在晚清时候能够拍照，并且堂而皇之放在柜子上，这能是一个普通丫鬟的待遇吗？连梅侍萍当年生孩子不敢吹风要关窗这个习惯都被保存下来了。

剧中蘩漪好几次说房间里闷热，要打开窗户，可是仆人就说，"老爷说过不叫开"，为什么？因为已经死掉的太太过去是怕开窗的啊。可以想象，梅侍萍在周朴园身边的时候，她被宠爱到什么样的程度。可以想见在周朴园把梅侍萍赶走以前，他们之间有很深的爱情，周朴园对梅侍萍有着很深的爱。

由于周朴园和梅侍萍之间有着这样强烈的爱情，所以梅侍萍的被迫离家、投河自尽的悲剧发生，才会使周朴园有一种刻骨铭心的痛苦。这种痛苦伴随了他的一生。以后的周朴园就再也不会爱女人了，幸福也从此远离了他。

"曾经沧海难为水"，周朴园巨大的心灵创伤是不能磨灭的，所以他不能无碍地融入后来两个女人的爱情生活当中去。也正因为这样，才导致了他与一个我们不知道名字的女人，以及后来繁漪的爱情，都那么索然无味，导致了后面两任妻子的悲剧。

三

把这个背景讲清楚了，我们才能够正式讨论那个没有名字的女人。

在剧本里，这个女人只有两个特征：有钱，有门第，再也没有其他介绍了。

其实这个女人是《雷雨》里最委屈的女人，是一个完全被忽略的人。我们假定周朴园与梅侍萍之间有很深的爱，是被一种外在的力量硬拆散的，那么，后面的故事都能讲得通了：其实周朴园很不愿意娶一个跟他同等门第的有钱小姐为妻，这个小姐一进门就处于尴尬的境地：她进门以前，丈夫已经与老妈子的女儿生了两个孩子，而且同居三年；当她非常陌生地进入周家时，丈夫还沉浸在失去情人和儿子的痛苦之中，她并没有享受到夫妻恩爱的家庭生活。虽然因为她的到来害了梅侍萍和鲁大海，但这个责任不能由她来承担。再说，她的命运比梅侍萍更悲惨，更无价值，她默默无闻地进来，又默默无闻地——总归应该是死去了，不会是离婚或者出走吧。

蘩漪与周朴园生的儿子周冲出场时是十七岁，离二十七年前发生悲剧正好十年。也就是说，蘩漪是在悲剧发生后的第九年，嫁入周家的。这样算下来，那个有钱有门第的小姐在周家最多待了八九年。如果我们假定她死后，周朴园没有马上娶蘩漪，而是过了几年再娶，那么，她在这个家庭里的生命历程就更短暂，也许只有三五年时间。她就像一个影子，一点生命痕迹都没有留下，周朴园、周萍、用人的记忆里都没有这个人的信息。《雷雨》的几个版本里，都找不到这个女人到底是怎么死的或怎么样的结局。

周朴园始终保留着梅侍萍当年用过的家具，直到三十年以后，以至于蘩漪都发神经病了，他还是顽固地保持着梅侍萍的生活方式。这就说明前面的一任妻子在周家生活得更加委屈，也更加痛苦。

这样，我们完全可以体会，《雷雨》里这个没有名字的女人，就好像是英国小说《简·爱》中那个阁楼里的疯女人一样，是一个空白，而这个空白正表达了旧时代的中国妇女最悲惨的命运。

人生没有迈不过去的门槛

陈思和讲曹禺《雷雨》之二

一

上一讲我们分析了一个没有名字的女人，说的是周朴园为了娶一个有钱有门第的小姐，而抛弃了梅侍萍和第二个儿子，结果是自尝苦果，那位新娘也成了最不幸的女人。

在这一讲里，我们要继续追问：到底是谁导致了这个悲剧？

这里的故事真相，作家没有讲清楚。如果仅仅是周朴园要娶一个有钱有门第的小姐，似乎也没有必要把梅侍萍赶走。封建大家庭本来就是多妻制度，有钱的男人先把丫鬟收房为妾，然后再娶正房妻子是很平常的事情。何况梅侍萍已经为周家生了两个儿子，完成了传宗接代的任务，按理说在这个家庭里不应该没有她的安身之处。

只有一种情况例外：有钱的大少爷不可能娶一个

老妈子的女儿为明媒正娶的妻子，因为门不当户不对。所以，周家的家长必须按照门第，按照封建婚姻惯例，为少爷娶进一个门户相当的女人做他正式的太太。只是到了这个时候，那个老妈子的女儿的命运就悲惨了。

设想一下，如果梅侍萍顺从规矩，乖乖做周朴园的一个小妾，那悲剧也许不会发生。只有当梅侍萍不甘心屈服于做妾的命运，不愿意与别的女人分享自己的男人，甚至想升格做正房的妻子——只有这种情况，才是封建家庭所不允许的；也只有在这种情况下，周家的家长们才可能使出毒招，把她连孩子一起赶走。也许，在光绪二十年以前的三年里，梅侍萍与周家家长在这个问题上发生过激烈冲突，进行了不屈服的斗争，当然她最后是失败了，被赶出了周家大门，甚至投河自尽。

我们不妨再听一遍鲁妈的控诉：

> 我没有委屈，我有的是恨，是悔，是三十年一天一天我自己受的苦。你大概已经忘了你做的事了！三十年前，过年三十的晚上，我生下你的第二个儿子才三天，你为了要赶紧娶那位有钱有门第的小姐，你们逼着我冒着大雪出去，要我离开你们周家的门。

鲁妈的这段话里，除了时间记忆"三十年前"应该是"二十七年前"外，其他内容基本上是属实的，周朴园没有给以反驳或者辩护。但是我们注意：鲁妈主要的控诉对象，起先是周朴园，但讲到后来发生了变化，由单数的"你"，变成了复数的"你们"。也就是说，当年逼梅侍萍离开周家的不是周朴园一个人，而是"你们"所代表的周家全体，主要就是周家的封建家长。

那么，作为少爷的周朴园有没有责任？当然有，至少他是屈服于家长的安排。周朴园当时大约二十七八岁，真正掌握自己命运的可能性不大。也许周朴园当时并没有意识到梅侍萍的刚烈性格和自我期待，他毕竟是封建家庭制度培养出来的传统的中国男人。只有当悲剧发生了，他才意识到这一点，才痛悔莫及。以后他在家里一直追加着梅侍萍的尊严，公开摆着她的照片，给了梅侍萍一个迟到的"太太"名分。我们不能简单地说这是虚伪，而是因为他无可奈何。倒退三十年，在这个罪恶形成的过程中，不仅梅侍萍是受害者，周朴园也是受害者。

二

接下来，我们要进一步讨论鲁妈这个艺术形象。

在《雷雨》里，鲁妈是悲剧的关键人物，周家隐藏了二十七年的罪恶秘密，是随着鲁妈的到来才被一层层揭露出来的。鲁妈就像万里晴空中的一个小黑点，远远地飘过来，看上去像一小朵乌云。渐渐地，终于乌云遮蔽整个天空，带来了可怕的电闪雷鸣。

在《雷雨》中，鲁妈的艺术形象有三个问题值得探讨。

第一个问题刚才我们已经讨论过了，当年的梅侍萍没有因为自己与周家少爷的门第不同就自贱自轻，也没有因为她爱周朴园，因为已经有了两个孩子，有了自己的家，就迁就封建家庭所做出的荒谬安排。梅侍萍不能接受在周家做小妾的命运安排，她对待爱情的态度是：不完全，宁可无，为了维护爱情的纯洁性，她宁可选择离开，甚至选择自尽。为之，她也付出了沉重的代价。

第二个问题：既然鲁妈的性格如此清高和刚烈，为什么她后来会嫁给鲁贵？《雷雨》中四凤出场时是十八岁，也就是说，鲁妈与鲁贵的同居生活差不多近二十年。在这漫长的岁月里，梅侍萍是怎样转换为鲁妈的？这样一个在大户人家的环境里长大、曾经得到过周家少爷宠爱的梅侍萍，也算是一个感情上曾经沧海难为水的女人，她怎么能够忍受鲁贵这样的伧俗之夫？

鲁贵当然也不是坏人，却是曹禺不喜欢的奴才。鲁妈与鲁贵在性格上几乎是两条道上跑的车，无法交集在一起。人格的忍辱负重、无爱的日常生活，尤其是与面目可憎、难以忍受的男人同床共眠，这都是一个女人最深刻的屈辱和痛苦。如果以梅侍萍原来所持有的"不完全、宁可无"的爱情观为标准，那几乎是一种生不如死的精神折磨。

我们从舞台上可以看到，鲁妈一出现，就是一个饱经风霜的女性形象。她已经从一个对爱情、人生有着超越时代的认知的勇敢女性，转换为一个历尽苦难，又敢于直面人生的成熟女性。鲁妈离开周家以后，嫁给鲁贵前还有一次失败的婚姻，具体情况我们不得而知，但是我们从她自己说的"为着她自己的孩子，她嫁过两次"这句话，大致可以了解到，随着苦难磨炼以及女性精神的成熟，在鲁妈精神上逐渐滋长了一种比爱情更加强大的元素，那就是母性。

她曾经为了完整、纯粹的爱情而不惜放弃不完整、不纯粹的周家，而现在，她为了孩子，为了母亲的责任，又不得不把自己嫁给了更加糟糕的鲁家。平心而论，鲁贵的形象虽然不佳，但还算得上一个负责的父亲。我们不仅看到鲁大海、四凤一双子女都被抚养长大，鲁贵还利用他的人脉关系，安排了鲁大海和四凤的工作，让子女能够成为自食其力的劳动者。我们是否也可以假定，鲁妈是为了儿子鲁大海能长大成人，才忍受巨大的精神痛苦，嫁给不遂人意的鲁贵，而且也竭尽所能维护了这个不如意的贫贱家庭。为了子女，她忍受这一切。于是这道生命体验的险关，又被她勇敢地闯过去了。

三

接下来，我们要讨论第三个问题：命运对鲁妈的打击实在是太残酷了。她最早意识到周家隐藏着一个巨大危险：她的儿子周萍和她的女儿四凤之间似乎有了一种暧昧关系。只有鲁妈意识到问题的严重性。

在第三幕，鲁妈逼着女儿四凤对着大雷雨发誓："永远不见周家的人。"这是非常重要的一段对话：

鲁　妈：（忽然疑心地）孩子，你还有什么事瞒着我？

四　凤：（擦着眼泪）妈，没有什么。

鲁　妈：（慈祥地）好孩子，你记住妈刚才说的话么？

四　凤：记得住！

鲁　妈：凤儿，我要你永远不见周家的人！

四　凤：好，妈！

鲁　妈：（沉重地）不，要起誓。

四　凤：哦，这何必呢？

鲁　妈：（依然严肃地）不，你要说。

四　凤：（跪下）妈，（扑在鲁妈身上）不妈，我——我说不了。

鲁　妈：（眼泪流下来）你愿意让妈伤心么？你忘记妈三年前为着你的病几乎死了么？现在你——（回头泣）

四　凤：妈，我说，我说……

鲁　妈：（立起）你就这样跪下说。

四　凤：妈，我答应您，以后我永远不见周家的人。

鲁　妈：孩子，天上在打着雷，你要是以后忘了妈的话，见了周家的人呢？

四　凤：（畏怯地）妈，我不会的，我不会的。

鲁　妈：孩子，你要说，假如你忘了妈的话——

四　凤：（不顾一切地）那——那天上的雷劈了我！（扑在鲁妈怀里）哦，我的妈呀！（哭出声）

鲁　妈：（抱着女儿，大哭）可怜的孩子！妈不好，妈造的孽，妈对不起你，是妈对不

起你。（泣）

这场戏写得非常惨烈，把《雷雨》紧张、残忍的主题表现得淋漓尽致。但是鲁妈的逼迫、四凤的毒誓，还是阻挡不了悲剧进一步推进。这回轮到鲁妈遭受打击了，因为她是唯一知道这两个相爱的年轻人是亲兄妹的人，他们是不能结婚的。

第四幕，矛盾冲突又回到了周家客厅，四凤这时候已经没有办法了，她已经怀孕，一定要跟周萍走，周萍也豁出去了，决定带着四凤离家出走。鲁妈面对这样的情况也不得不同意，她说：

　　你们这次走，最好越走越远，不要回头。
　　今天离开，你们无论生死，永远也不许见我。

这就是说，她明明知道他们是兄妹结婚但也不管了，因为她明白，四凤如果知道这个真相是无法活下去的，所以保护女儿的生命要紧。她毕竟是他们的母亲，她抛弃一切伦理障碍，阻止这个惨剧的出现，她决定让他们一走了之。

我们知道，亲兄妹结婚是违反人类生命遗传规律的。在科学知识不发达的时代，近亲繁殖导致的人类退化现象，被视为老天的惩罚。乱伦违反天规，是一种禁忌，四凤的怀孕生育才是真正的乱伦。

在第四幕，鲁妈有一段独白非常感人：

> （沉重的悲伤，低声）啊，天知道谁犯了罪，谁造的这种孽！——他们都是可怜的孩子，不知道自己做的是什么。天哪，如果要罚，也罚在我一个人身上；我一个人有罪，我先走错了一步。（伤心地）如今我明白了，我明白了，事情已经做了的，不必再怨这不公平的天，人犯了一次罪过，这第二次也就自然地跟着来——（摸着四凤的头）他们是我的干净孩子，他们应当好好地活着，享着福。冤孽是在我心里头，苦也应当我一个人尝。他们快活，谁晓得就是罪过？他们年青，他们自己并没有成心做了什么错。（立起，望着天）今天晚上，是我让他们一块儿走，这罪过我知道，可是罪过我现在替他们犯了，所有的罪孽都是我一个人惹的，我的儿女都是好孩子，心地干净的。那么，天，真有了什么，也就让我一个人担待吧。

如果我们换一个角度来读《雷雨》，鲁妈就是剧中最悲壮的人物，这段独白能产生惊天地、泣鬼神的艺术效果。因为只有她与代表命运的"天意"最接近，她是最早知道所有悲剧真相的。她企图以她个人的能力来阻止悲剧的发生，但她的每一步都是失败的，她战胜不了命运。作为一个失败的英雄，她的性格却表现出惊人的力量。这种力量无视所有天地人间的清规戒律，一切都是从伟大的爱出发，冲破一切天理的束缚和人间的网罗。

鲁妈是个平凡的人，但是在她每做出一个决定的时候，就有一种不顾一切的大无畏精神。这样一种性格，正体现了五四精神传统中最为辉煌的核心力量。虽然鲁妈最后还是在残忍的命运打击下精神崩溃，但她虽败犹荣。

在漫长的人生道路上，谁又能够完全避免突然降临的命运打击呢？万一遇到了这种命运的打击，我们就想想鲁妈吧，人生，没有迈不过去的门槛。

是什么让她扭曲成"魔鬼"

陈思和讲曹禺《雷雨》之三

一

前两讲我们讨论了周朴园身边的两个女人:一个是有钱有门第但没有名字的小姐,还有一个就是梅侍萍(鲁妈)。下面我们继续讨论周朴园身边的第三个女人:蘩漪。

蘩漪是《雷雨》中最有性格的角色。她出场的时候,已经是一个被变态的情欲所控制的不幸女人。我们知道,周朴园与梅侍萍的婚姻失败,造成了周朴园的感情创伤。在这个男人的身体里,情欲基本上是被压抑的。蘩漪与周朴园结婚不久,生了儿子周冲,舞台上的周冲十七岁,由此推测,蘩漪嫁到周家的时间,最起码有十八年。

《雷雨》故事发生的时候,周朴园五十五岁,蘩漪三十五岁,如果去掉十八年,当年就是一个三十七岁的男人与一个十七岁的女孩结婚。周朴园已经是一个曾经沧海的中年人，虽然周家发生的悲剧已经过去了八九年，单纯的蘩漪却仍然进不了周朴园浑浊的感情世界。

我们已经分析过，周朴园第二任妻子几乎是一个空白的影子，而蘩漪延续了那种没有爱情的冷暴力的夫妻生活。

如果我们用弗洛伊德的理论来解释，周朴园把他的力比多热情转移到社会事业，他很快就成为一个企业家、成功人士、社会贤达，他在各方面都做得非常克制非常完善。但是在这个克制和完善的背后，是他心里藏着的一部罪恶的历史——他背叛了自己的爱情。或者说，是他自己对自己实行了一种可怕的惩罚：他失去了爱的能力。

本来，蘩漪很可能重复那个没有名字的小姐的命运：既得不到丈夫的爱，也没有任何地位，她会像一朵枯萎的花，无声无息地死去。

可是偏不！

蘩漪的命运在这个家庭里出现了转机：第一，她生了一个天使一样的儿子周冲；第二，她的身边出现了周萍。周萍是周朴园与梅侍萍所生，二十七年前，周朴园娶新太太时，周家把梅侍萍和刚出生的鲁大海赶出家门，把刚刚三岁的周萍送到无锡乡下去生活。直到三年前，周萍已经长成一个二十七岁的小伙子，才被接回到天津的周家。

我们暂且把舞台上的故事时间定为 1921 年的夏天，因为鲁大海生于 1895 年 1 月 23 日（他出生的第三天就是除夕），按照中国传统计算年龄的方法，二十七岁是 1921 年。那么，周萍三年前回到周家，也就是在 1919 年前后，他身上携带着五四新文化运动的清新气息。由于他的出现，根本上改变了繁漪的命运。就像繁漪所说："我已经预备好棺材，安安静静地等死，一个人偏把我救活了。"

这个人，就是周萍。

二

周萍是五四新文化运动的产儿。他走进周朴园的家，作为长子他要继承周家的事业。但是周萍与以周朴园为代表的专制家庭有着先天仇恨，如果说周家有反封建的因子，那么周萍就是一个反叛者。所以他会对繁漪说出他恨父亲，愿意父亲去死，就是犯了灭伦的罪他也干。

请注意：这里说的是灭伦而不是乱伦，乱伦在一般使用中是指亲属之间不正当的性关系；而灭伦，是指违反伦常，谋杀尊亲。

我们分析这句话的意思就是要强调，周萍不是因为爱上了蘩漪（乱伦）才愿意父亲去死，而是反过来的，在周萍的无意识里，隐隐约约地有了仇恨父亲，甚至想谋杀父亲的因子。表面上的原因，当然是同情蘩漪的遭遇，事实上没有一个人会因为父亲怀念生母、对后母不好而仇恨父亲的，一定是另有原因。

所以说，周萍只是扮演了一个"弑父娶母"的复仇角色，他先有了对周朴园的仇恨，才有与蘩漪的通奸。这种通奸行为里很少有爱的因素，只是潜意识里的尚不自觉的仇恨。这种仇恨当然是对周朴园的。他与蘩漪是两个都仇恨周朴园的可怜人，他们阴错阳差地走到一起，陷入了一种人不人、鬼不鬼的不伦之恋。

周萍不爱蘩漪，这才是蘩漪最大的悲剧。

蘩漪是把自己整个身心都给了周萍，把自己未来生活的所有希望都寄托在周萍身上。应该说，蘩漪爱上周萍，也只有在五四时代风气下才能得到合理的解释。因为那个时代是中国两千年封建专制时代及其意识形态总崩溃的时代，是一个人性欲望自由爆发的时代，是个性解放、个性至上的时代，是大写的人由此诞生的时代。

我们今天用什么样的词语来赞美五四新文化运动都不会过分，因为它让我们看到了人性最具有魅力的一面。在《雷雨》的故事里，周萍把五四新文化的阳光带进周家，这道阳光吸引了蘩漪，也唤醒了蘩漪，让她看到精神自由的希望。所以，她发疯一样地爱上了其实并不爱她的周萍。

三

　　如果用我们今天的眼光看，一个女人既然得不到丈夫的爱，对丈夫也充满仇恨，那么她完全可以选择离开丈夫。蘩漪一旦与周朴园离婚，她与周萍之间也就不存在所谓的乱伦关系，也谈不上有什么罪。虽然在多妻制的封建大家庭里，年轻后母与少爷之间发生暧昧关系不是偶然现象，但从封建伦理的角度来看，当然是犯了乱伦之罪。正因为周萍其实并不爱蘩漪，所以他才会在蘩漪烈火一样的爱情面前退缩了，他面对封建伦常的压力时感到了害怕；另一方面，周萍的退缩还反映了五四新文化的影响在他身上开始退化，我们前面说过，他作为周家的长子，是要继承周家的事业的。继承者和反叛者这两种身份在周萍身上发生冲突，很显然，在舞台上出现的周萍形象，是继承者的周萍已经战胜了反叛者的周萍，他出场就是一个懦弱、自私的逃兵形象。

　　但是在周萍的身上并不是完全没有五四新文化的痕迹，他还是有摆脱困境、努力向上的勇气，这就体现在他大胆爱上了年轻、活泼的小丫鬟四凤。他当然不知道四凤是他同母异父的妹妹，他想要拯救自己，找到一个贫民出身的纯朴的女孩子。他们真心相爱，周萍不顾一切要离开蘩漪，离开这个家庭，当他获知四凤已经怀孕了，他就毫不犹豫要带着四凤一起出走。

但是，周萍的这一抉择，对蘩漪的打击非常致命。蘩漪的命运很值得我们同情。她早先嫁给了并不爱她的周朴园，现在又爱上了同样不爱她而且要抛弃她的周萍，所以她愤怒地对周萍说："一个女子，不能受两代的欺侮。"她用"欺侮"这个词来形容周家两代人对她的伤害和侮辱。她的一生就这样被牺牲了。

我们特别要注意，周朴园和周萍代表了两种不同的文化力量：周朴园代表了封建专制的旧文化，而周萍则是代表了新文化，周萍爱上四凤、要走出家庭，包括大胆说出他不爱蘩漪的心里话，都表现出了五四一代新文化的特点。蘩漪的可怜，就在于她不仅受到旧婚姻道德的伤害，也受到以周萍为代表的新文化的极大伤害，新文化把她唤醒了，但又很快地把她抛弃了。这个悲剧，是鲁迅曾经在《伤逝》里所描写过的。鲁迅一针见血地说过，人生最痛苦的是梦醒了无路可走。这就是《雷雨》的复杂之处，也是蘩漪的绝望所在。

如果蘩漪不这样来拯救自己，那么她就像前面的那个没有名字的小姐一样，最终是一个空白。如果她要拯救自己，以她一个孤单女子与整个以男性为主体的新旧文化对抗，那是必败无疑。就在她走投无路之际，她的性格里滋生出一种可怕的力量，我们姑且把它称之为恶魔性因素。恶魔性因素在西方文学传统中是一个经典艺术元素，内涵比较复杂，我们简单地说，它是以恶的力量来反抗既定秩序，在反抗过程中，它会把一切既定的社会伦理道德秩序全部消解，最后与之同归于尽。

在《雷雨》那个时代，繁漪对周萍的爱当然有其合理性，但也被视为犯了乱伦罪，她是通过罪的方式使自己获得了生命的意义。但也正因为如此，这种爱很难持久下去，它得不到法律的承认，得不到道德的允许，也得不到社会舆论的同情理解，所有外部环境都不保护它，只是靠内在的热情支撑。在这种情况下，只要周萍一退缩，她就完全孤立，无路可走。所以，她只能靠一种恶魔般的力量紧紧缠住周萍，使他不要离开自己。

恶魔性因素就这样产生了。

四

我们看到舞台上的繁漪一出场就显得很有心计，虽然有点精神恍惚，但不妨碍她绰绰有余地对付四凤、鲁妈那一批弱势群体。她先把鲁妈千里迢迢找来谈话，为的是赶走四凤；接着又跟踪周萍到鲁家，在雷雨中反锁了窗户，让周萍与四凤的私情公开暴露；再接着她不顾羞耻地把儿子周冲也牵扯进来，企图挑起周冲与周萍的冲突；最后她实在拉不住周萍，又把毫不知情的周朴园扯进来，终于导致东窗事发。

就在这个巨大冲动当中，她把女人的羞耻、母亲的矜持、妻子的体面，等等——封建专制家庭中所有的温情脉脉的面纱统统撕得粉碎，结果伤害了几个无辜孩子：四凤爱周萍是无辜的；周萍想摆脱困境获得新生，也是无可非议的；周冲更加无辜，一个充满美好理想的孩子，最后却陷进死亡的泥坑。这样，这个家庭就有祸了，像有一个魔鬼躲在繁漪的身体里，指挥着这一切，把这个旧世界搅得天翻地覆。

为什么说，是魔鬼躲在繁漪的身体里，而不是繁漪本人就等于恶魔呢？

因为从《雷雨》的故事本身来讲，复仇并不是繁漪的本能和愿望。繁漪没有想过要毁灭家庭，恰恰相反，她只是要拉住周萍，继续维持原来那种不人不鬼的家庭生活，她也丝毫没有想到要伤害自己的儿子，甚至也没有想要对四凤、鲁妈报复。当周朴园终于公布鲁妈是周萍的亲生母亲这个秘密时，繁漪呆住了，她对周萍说："萍，我，我万想不到是——是这样。"因为她已经知道后果了——周萍与四凤这对亲兄妹间有了乱伦的关系。这个时候她从被迷魂似的歇斯底里状态中一下子清醒过来，意识到自己已经闯下大祸。她说"我万想不到"这句话，就把她性格里善良的一面表达出来。

所以说，恶魔性不是繁漪的本能，也不是她自己所能够掌控的，而是反过来，是恶魔性因素掌控了繁漪，使她失去理智，在不顾一切的感情冲动中产生了毁灭世界的能量。

繁漪这个艺术形象之所以令人动容，就是因为她所产生的美学效应，不是要令人同情，而是要让人感到震撼，甚至感到人性的恐怖。她为了得到自己的幸福，像魔鬼一样，一步一步逼着周萍就范，把周萍、四凤、鲁妈等人都逼到绝路上，最后统统毁灭。我们在繁漪身上看到了作家对人性的严厉拷问，对人性恶的追问：这种恶是哪里来的？是怎么形成的？这些思考远远比我们今天一般的同情、怜悯要深刻得多。

真正的爱情就是"过家家"吗

李丹梦讲沈从文《萧萧》

一

《萧萧》写于 1929 年，发表在 1930 年 1 月 10 日的《小说月报》上。这时的沈从文在创作上已进入成熟期，无论就笔法，还是思想而言，《萧萧》都称得上是沈从文的上乘佳作。它独特、迷人又令人费解。汪曾祺就曾坦白承认过这点。他说："我很喜欢这篇小说，觉得它写得好，但是好在哪里，又说不出。我把这篇小说反反复复看了好多遍，看得我艺术感觉都发木了，还是说不出好在哪里。大概好的作品都说不出好在哪里。"

之所以导致理解的难度和分歧，跟人物的身份设置、遭际以及作者对此的暧昧态度有关。萧萧是个童养媳，她没有母亲，从小寄养在伯父家。萧萧十二岁时被卖到一户人家，和一个拳头大的不足三岁的男孩结成了所谓的"姐弟夫妻"。这听上去已经够糟心了，但霉运还没完。

萧萧十五岁那年，一个叫花狗的长工诱奸了她，萧萧怀孕了。花狗逃之夭夭，萧萧则面临严厉的家法处置：要么"沉潭"淹死，要么"发卖"再嫁。伯父不忍把萧萧做牺牲品，萧萧自当走二路亲了。但小丈夫不愿萧萧走，萧萧也不愿去。大人们一时束手无策。结果萧萧在婆家生下一个"团头大眼，声响洪壮"的儿子，取名牛儿。既是儿子，萧萧便不嫁别处了。到她和丈夫正式圆房时，牛儿已经十岁。平时喊萧萧丈夫作大叔，大叔也答应，没有丝毫戴绿帽子的憋屈。牛儿十二岁那年，也娶了一个童养媳。结婚那天，萧萧刚坐月子不久。她抱着新生的毛毛看热闹，就同十年前抱小丈夫一个样子。

二

我们究竟该如何称呼和看待萧萧呢？一个穷孩子、小媳妇、母亲？或是蒙昧无知的乡村妇女、破鞋、糊涂蛋？小说《萧萧》里出现了诸多悲剧的形式要素，单单提取"童养媳"和"诱奸"两者，就足以让人联想和编织出无数揪心的"被侮辱与被损害的"故事了。萧红《呼兰河传》中那个被折磨致死的童养媳——小团圆媳妇就是活例。这类要素倘若置于鲁迅式的作家笔下，当是一篇类似女阿Q的作品了。萧萧，永远被动懵懂的人格，缺少理性，不会主动把握、设计自己的命运，可悲可叹的国民性啊！

沈从文对萧萧的书写，是在和上述悲剧的构思模式或曰思维定式的对话与抗争中展开的。这种抗争、对话从小说一开头就已然酝酿了：我们原以为童养媳的出嫁必是掺和着暴力、欺骗和泪水的，但萧萧偏偏没有哭。在这个十二岁女子的小小心眼里，"出嫁只是从这家转到那家"，因此她"只是笑。她又不害羞，又不怕，她是什么事也不知道，就做了人家的新媳妇了"。

日本影星山口百惠在回忆录中说过一句大实话，她说爱情的萌生，来自新奇的绽露与发现。《萧萧》作品魅力的生发，跟爱情的道理相近。简单讲，《萧萧》之所以让我们放不下，是因为它的叙述溢出了我们的预判，尤其是那种悲剧性的预判：包括审视揭露的书写视角、阴冷残酷的氛围情节，等等。

在《萧萧》里，沈从文的笔触一直清新平和，毫无暴露丑陋的猎奇与不屑。大家不妨仔细看下《萧萧》，你会发现，作品的每一步推进，沈从文都小心翼翼地避免着悲剧的套路。除了前面提到的出嫁之外，进了婆家的萧萧，日子也并非水深火热。虽然操持劳累，但沈从文特别说，一切并不比先前在伯父家受苦。萧萧还会做她这个年纪的梦，她喜欢和祖父聊天，有"女学生"式的自由憧憬。更重要的，她跟小丈夫的感情实在不坏。后者当她如母亲，总跟在她身边。有些方面很怕她，哪里有什么夫权的威严架势？

沈从文对悲剧的回避、较真，换个角度看，亦可视为他对所谓知识、常识以至文化的煞费苦心的纠正。那是关于童养媳、乡下人、底层人的现代知识与文化，其中隐含着城里人、现代人自以为是的优越、冷漠、偏见与歧视。

人是知识、文化塑造的动物。举个例子，情人节到了，一个小男生向他心目中的女神送了一朵玫瑰花，他为什么不送喇叭花呢？这就是文化熏陶、规训的结果。文化说，玫瑰象征着浪漫，而喇叭花不是。可见，即便是在爱情这样私密的领域，我们也受着文化的支配，而并非想当然的自主、自立。

人的喜怒哀乐也是如此，不是想哭就哭，想笑就笑的。一个女孩被人欺负，失去了贞洁，她必须哭。倘若不哭，别人会觉得她傻呵呵的，因为这和文化的规定尤其是文化对贞操的看重不符。这种失贞的哭泣，很大程度上已成为一种不自主的文化反应。正是知识、常识和文化告诉我们，童养媳、乡下人、底层人是跟我们不一样的异类人群，那里充满了愚昧、苦难、悲剧、暴力，一种片面却又确凿无疑的认知。

三

自始至终，萧萧的命运走向都在我们的预料之外，这太有意思太新奇了，难怪汪曾祺会喜欢甚至"爱"上这部作品了。在读到临近结尾的部分时，我们不禁为萧萧的平安庆幸，简直忍不住要拥抱亲吻那个傻不愣登的小丈夫了。很难想象，这死板无趣的成人世界居然会乖乖听从两个孩童的指令，时光在此停滞下来。就在这一刻，世界仿佛颠倒了，它变成了一个"过家家"的儿童乐园，那是天真对世界的"洗脑"与统治，一次多么可爱的乾坤颠倒啊！

沈从文是在用文学呼唤、实践人类的返璞归真吗？莫非这才是《萧萧》作品的本意、主题？所谓返璞归真的生活，并非如我们想象的那么艰难复杂，它就在我们身旁，确切讲，它就活泼地展现在以萧萧、小丈夫为代表的孩子或曰原始人、自然人的思维、行动上。

《萧萧》讲述了一个特殊女性——童养媳的成长与爱情。这爱情不仅包括萧萧与小丈夫的"奇缘"，还有那次意外而不幸的"出轨"。对于出轨事件，沈从文写得一点不刺激。感觉就像一个人在哼唱小曲，突然被痰卡住了，便清清嗓子将痰吐掉而已。

没人开导她，也没有借助任何宗教的力量，萧萧就这么走出来了，忘记了，放下了。无论是诱奸，还是童养媳的买卖婚姻，都没有在萧萧的身心留下什么损害、创伤的痕迹。我们在看完这篇小说时，也觉得精神为之一爽，似乎本来就该如此的。通过萧萧，沈从文婉转地告诉世人，人身上本来就具有克服苦难的力量，不需要通过外在的教育或知识的方式来获得。说到底，没有什么东西能真正伤害你，除非是你放不下。

四

和《边城》中的翠翠一样，萧萧也是沈从文心目中理想人性的化身，虽然受尽磨难，但萧萧依旧保持着赤子之心，她永远自然纯真。大家千万不要把《萧萧》仅仅当成一个稀罕的故事来看，沈从文曾说读者能欣赏他故事的清新，但作品背后蕴藏的热情、隐伏的悲痛都忽略了，这等于买椟还珠。显然，他已经预判到了一般读者对《萧萧》的反应，这是多么落寞、凄苦的心情！沈从文绝非那种为写人性而写人性的肤浅作家，他是想通过发掘塑造湘西人性的别样面貌，来为陷入危机、老态龙钟的中华民族精神注入某种新鲜的血液。萧萧、翠翠，都是湘西别样人性的代表。

在沈从文写作的年代，一般人关注的是怎么应付危机，让中国走向胜利，简单讲就是胜负、成败的问题，沈从文也关注这点，但他更关心的是如何保持人性的健康完整，不让人性被暂时的苦难、危机所玷污、扭曲。

这绝非咸吃萝卜淡操心，我们应该见识过那种被贫穷激发出畸形仇恨的人，被战争驯化的阶级斗争狂等。和贫穷、战争的苦难相比，人性的扭曲、异化更可怕，因为它会传染，对社会的危害更强烈，时间更持久。那就像隐伏在人群中的随时会爆炸的原子弹。倘若萧萧一直记恨着花狗，她这辈子都不会幸福的。人们常说，该出手时就出手，但《萧萧》却告诉我们，幸福的秘诀是该放手时就放手，该放下时就放下，该忘记时就忘记。你有多简单，就有多幸福。这不是说人就要放弃抗争战斗了，但必须提醒自己，抗争战斗只是一时一地的权宜之计，不能把它推广到人生的全部方面，应用到所有人身上。那样，你的心灵将失去润泽与弹性，人也就变成了机器。某种程度上，萧萧的故事可视为沈从文精心设计的让民族走出危机、走向现代的理想模板与寓言。

芬兰有位社会学家叫韦斯特马克，他认为，在东方童养媳制度中长大的男女不大会产生真正的爱情。因为大家同在一个屋檐下，太熟悉了，容易彼此厌倦。但萧萧和小丈夫之间确实相爱了，虽然这种爱情不够浓烈浪漫，但除了爱情之外，还能用什么字眼来形容、概括他们的关系呢？

现在年轻人都渴望爱情，但却不自觉地在爱情上附加了太多的条件规则（比如财富、门第、美貌等），附加了太多的文化想象（比如烛光与玫瑰、勇敢与贞洁、骑士与公主、落难书生与富家小姐等），像萧萧和小丈夫这样的大娘子与小弟弟，实在不够爱情的标准。结果，现代人追求爱情和追逐、迎合时尚的文化准则，搅在一起，甚至成了一回事。我们忘记了，爱情在它最基本的层面上就是男女的彼此容让与陪伴。

一个人在遭受了欺骗、欺侮等诸多不幸之后，仍然对世界葆有信任与爱的希冀、能力，这是种相当高级的修养与智慧，萧萧全凭本能做到了这点。她觉得自己应该照顾小丈夫，陪他长大，根本没多想她是被买来的童养媳、下等人这一悲惨不幸的事实。其实说到底，所有的伤害、痛苦都是自己想出来、琢磨出来的，原本可能是桩小事，却越想越痛，越琢磨越伤心，最后简直不要活了。萧萧对小丈夫的关爱，在花狗事件后，更深了一层。而小丈夫也从未因萧萧成了破鞋而嫌弃她（他压根没破鞋、贞操的概念），他只是觉得他需要萧萧，离不开萧萧，那两个人就在一起呗。这是多么自然清楚的事情。

原来，爱情追溯到底，就是两个人"过家家"。这是萧萧的爱情给我们的启迪。我们原本看不上眼的孩子、野蛮人、自然人，竟是天生的智者。如果不懂什么是纯粹的爱情，看看萧萧和小丈夫是怎么过的，就明白了。

女性是骄傲的

陈晓兰讲丁玲《莎菲女士的日记》

一

《莎菲女士的日记》发表于 1928 年春，刊登在《小说月报》上，小说一发表，就在文坛上引起了极大的反响，也可以说刮起了一阵旋风，甚至于说像一颗炸弹震动了当时的文坛。丁玲也因此一鸣惊人。

丁玲写作这篇小说时只有二十三岁，因此，这是一篇由青年知识女性写的、反映新女性的个性追求和爱情观念的作品，在中国现代文学史上占据了一个不容忽视的位置。

这部小说塑造的莎菲女士的形象，借用中国现代文学史上另一位著名作家张天翼的话说："中国作品里还从来没有出现过这样的女人——来这样现身说法，来这样精细又大胆地写自己的情欲，写自己怎样玩弄恋爱，怎样卖弄风情。"丁玲同时代的作家、评论家冯雪峰等人认为，莎菲女士的个人主义、自我中心、恋爱至上、感伤、空虚、寂寞、没有远大理想、不关心别人、不关心社会等性格和心理，在当时，很多青年知识分子都十分熟悉。因此，可以说，《莎菲女士的日记》反映了20世纪20年代后期知识青年的精神状况。他们接受了五四新思想，走出了父权家庭，摆脱了封建礼教的束缚，追求恋爱自由和个性解放，可是却遭遇了重重挫折，因此，苦闷、空虚、感伤，乃至陷入悲观主义。

但是，这部小说的价值绝不只是这些特征。

从小说所采取的艺术形式——日记体形式和女主人公莎菲的形象来看，《莎菲女士的日记》的独特性，在于它颠覆了中国文学中的女性形象和女性的存在方式——女性依附于家庭、依附于男性，她们无权也不能自主自己的身体，无权自主自己的情感、婚姻，她们被动、沉默，被男人观看、审视、评价、鉴赏，由男人选择、被男人爱、被怜悯、被抛弃、被拯救，被说、被写，她们没有话语权，也没有言说的能力。在一个男尊女卑的文化中，女性甚至被剥夺了作为人的基本的权利，何谈作为一个人、作为一个主体的权利呢？

实际上，女性的这种被动地位，又不仅局限在女性这一性别，生为男性，也未必就不被动、不沉默，就有选择权和话语权。所以，现代时期的大作家，如巴金，在他的小说《家》《春》《秋》中，深刻揭露造成男女两性悲剧性的命运的社会文化根源，在父权制家长的统治下，在男尊女卑的文化习俗中，男女青年都无权自主自己的身体、情感和婚姻。如果一个人连自己的身体、自己的情感、自己的终身大事都不能做主，在自己的私人生活中都没有发言权，那怎么能说是一个具有主体性、具有自主能力的个体呢？

所以说，今天享受到男女两性平等，享受到恋爱自由、婚姻自主权利的人，要向现代早期那些提倡个性解放、女性解放、男女平等的先驱们致敬。

从艺术形式上来说，丁玲在《莎菲女士的日记》中，赋予女性主人公主体地位，这个主体地位，不仅是指莎菲是小说的中心，而且还包括她所具有的说话的权利——用今天通俗的说法，即她拥有话语权，莎菲不停地进行自我分析，反省自己，评价别人，并进行写作。

中国五四时期崛起的一批女作家，如庐隐、萧红、白薇等，常常采用"自叙传"的形式写作，日记、书信体是她们常用的形式。这种形式颠覆了以往男性文学中女性总是被男性讲述、被男性塑造的被动、沉默地位。在小说中，莎菲紧张地进行自我分析，在自己的日记中，任意抒发自己隐秘的情感经验，抒写她对男性的欲望冲动和失望情绪，同时也记录下她对于周围的人和事的审视和评判。

以往只有男性有权利公开发表自己的日记，现在丁玲以日记体的形式发表虚构的《莎菲女士的日记》，表达女性的心理、欲望、情感、经验，以及女性对于男性的审视和评价，因此，引起了普遍震惊。

二

《莎菲女士的日记》并不是通常意义上的爱情小说，它没有完整连贯的故事情节，占据叙述中心的不是莎菲与两个男性（苇弟和凌吉士）的爱情故事，而是莎菲自己对于爱情、婚姻的看法，她对于苇弟、凌吉士的审视、认识与评价。莎菲自己的身体感受，包括她的疾病、她的日常情绪、情感欲望、思想意识、爱情观念，成为小说叙述的主体部分。所以，不能简单地说这是女性对于恋爱的玩弄，而是女性意识的一种体现，要认清爱情的本质，清清楚楚地爱。

小说中塑造的莎菲，二十岁，已经在身体和心智上非常独立，她独自住在北京的一个公寓里，与父母的家庭似乎毫无关系，在她身上丝毫看不到巴金的《家》、鲁迅的《祝福》中所表现的封建家庭和旧礼教的束缚。她接受了现代教育，在思想观念上和现实生活中，不愿成为被传统观念肯定的女性。在她看来，女性是骄傲的、独尊的。她绝不愿迎合男人的趣味打扮自己，不借助于任何外在的东西展示女性自身价值，按照世俗的标准寻找一个归宿。她奉行恋爱至上的观念，把爱情视为人生追求的目的和幸福的依靠，她所追求的爱情，就是有一个完全懂自己的心的男人。

可是，这个理想最后破灭了。

不同于男作家的小说，丁玲没有把这种破灭归因于社会，而是归因于个体的人，即莎菲身边的男人都太差，要么平庸、懦弱，像苇弟一样毫无个性和主见；要么外表挺拔，灵魂卑琐，像凌吉士，空有一副现代青年的外表，骨子里全是陈旧的东西。莎菲评价男性的标准，在今天看来，都是非常理想，非常值得珍视的。

小说中主要塑造了两个男性人物。一个是苇弟，他是一个老实的人，盲目而忠实地爱着莎菲，假使一个女人只要找一个忠实的男伴，做一生的归宿，那么苇弟是最可靠的。但是他在爱情中完全丧失了独立和自尊。在莎菲面前，他更像一个旧体制中受压迫的女性。他有旧女性的某些气质——怯懦、多愁善感、好哭泣，他的喜怒哀乐完全取决于莎菲对他的态度。在莎菲面前，他甘愿放弃自我，就像一个在丈夫面前献媚、讨好、撒娇却十分可怜的妻子。而莎菲倒更像一个丈夫对待妻子一样对待他。

小说中写道：

　　请珍重点你的眼泪吧，……还要哭，请

你转家去哭，我看见眼泪就讨厌。自然，他不走，不分辩，不负气，只蜷在椅角边老老实实无声地去流那不知从哪里得来的那么多眼泪。我，自然得意够了，又会惭愧起来，于是用着姐姐的态度去喊他洗脸、抚摩他的头发。他镶着泪珠又笑了。

所以说，这样一个唯唯诺诺、毫无自尊，缺乏主体性的男性，怎么能够懂得莎菲的心呢？反过来也一样，这样一个女性，怎么能够赢得真正的爱情呢？莎菲认为苇弟的爱是盲目的，他根本不知道自己为什么爱，因为他根本不懂莎菲。

莎菲说：

如若不懂得我，我要那些爱，那些体贴做什么？

莎菲生活在世上，要人们了解她体会她的心太热太恳切了，所以长远地沉溺在失望的苦恼中，但除了自己谁能够知道她所流出的眼泪的分量？

三

后来，莎菲遇见了一位来自新加坡的男士，即凌吉士，莎菲与他第一次见面，就被他帅气的外表和风度所吸引。莎菲肆无忌惮地观赏凌吉士的容貌，小说中采用了通常男性文学中男性观看女性的方式，对于凌吉士的外貌及其在莎菲心中激起的震荡做了细致的刻画：

> 他的颀长的身躯，白嫩的面庞，薄薄的小嘴唇，柔软的头发，都足以闪耀人的眼睛，但他还另外有一种说不出、捉不到的丰仪来煽动你的心……我看见那两个鲜红的，嫩腻的，深深凹进的嘴角了。

这种对男性美色的细微的描绘，是大胆的、反传统的，也是反常规的——莎菲，与男性一样，被异性的外表和美色所吸引。

在进一步与凌吉士的交往中，莎菲很快就发现凌吉士的思想其实很可怜，满脑子都是升官发财。小说中写到，他需要的不过"是金钱，是在客厅中能应酬买卖中朋友们的年轻太太，是几个穿得很标致的白胖儿子"。而他所理解的爱情，是"拿金钱在妓院中，去挥霍而得来的一时肉感的享受，和坐在软软的沙发上，拥着香喷喷的肉体，抽着烟卷，同朋友们任意谈笑……不高兴时，便拉倒，回到家里老婆那里去"。他热心于演讲辩论会，网球比赛，留学哈佛，做外交官、公使大臣，或者继承父亲的职业，做橡树生意，成为资本家……这便是他的志趣。"他除了不满于他父亲未曾给他过多的钱以外，便什么都可使他在一夜不会做梦的睡觉；如有，便只是嫌北京好看的女人太少。……当我明白了那使我爱慕的一个高贵的美形里，是安置着如此一个卑劣灵魂，并且无缘无故还接受过他的许多亲密。……真使我悔恨到想哭了！……唉！我应该怎样来诅咒我自己了！"

莎菲为爱上这样的一个男人而痛苦、羞愧。

按今天流行的价值标准来看，像凌吉士这样的男人被视为成功男士，是很多女人追求的对象，电视剧里你死我活、费尽心机的女性斗争，不都是为了争夺这样一个男人吗？可是，在20世纪20年代末一个二十岁的青年女性莎菲眼里，凌吉士是一个在美的丰仪下隐藏着卑丑的灵魂的人。莎菲说：神把什么好的，都慨然赐给他了，但神为什么不再给他一点聪明呢？莎菲觉得凌吉士外表漂亮、灵魂丑陋、智商很低。这就是莎菲的价值原则，正是在这一点上，凸现了莎菲的自尊、高傲和理想。

莎菲渴望爱情，但是，她有着充足的清晰的脑力，她没有在爱欲中丧失自我，她是自己情感生活的主宰，最后，莎菲抛弃了苇弟和凌吉士。莎菲的爱情梦想乃至人生梦想都破灭了，对于一个二十岁的女青年来说，爱情当然是生活中最最重要的事情，恋爱的失败很容易导致对于人生的悲观乃至绝望。因此，我们不能仅仅把《莎菲女士的日记》看作一篇爱情小说，它通过莎菲对于几位男性的审视和评价，塑造了莎菲这样一个独立自主和自尊自爱的新女性形象，提出了女性全新的爱情观念和价值观念，这在今天依然是难能可贵的。

为什么讨厌虎妞

陈晓兰讲老舍《骆驼祥子》

一

《骆驼祥子》虽然写的是一个车夫的命运，但是，任何一个阶层的人，读这部小说，都会产生共鸣。

我们可能不像祥子那样除了一身力气别无所有。我们接受过教育，可能读了大学，在写字间或者在其他什么部门占了一个位子，属于中产阶级的一员。我们可能也像祥子一样热爱自己的本职工作，勤勤恳恳地工作，希望靠自己的劳动过一种有尊严的生活，这是一个普普通通的工作者、劳动者，最起码的追求。可是，在一个不合理的社会，这样最起码的追求却遭受重重阻力，最后，整个人生以失败和堕落告终。

小说中的主人公祥子，就像骆驼一样，骆驼的价值全在四条腿上，祥子的价值也在四肢上。他的价值和生活完全依赖于身体。

老舍在祥子的身上，寄托了他对于劳动者的赞美，

93

表达了他对于劳动的价值的肯定。祥子出场时，只有二十岁出头，年轻力壮，在北平这个古城里，无依无靠，只想靠自己的劳动生活。他不怕吃苦，非常热爱拉车这个行当，他甚至从拉车的步履中感到一种美。但是，他很快就认识到，他租车行里的车，从早到晚，由东到西，由南到北，像被人家抽着的陀螺，就像一个只会跑路的畜生，没有一点人味。

他的理想就是有一辆自己的车，像自己的手脚一样的那么一辆车，这样就可以自由、独立，做自己的主人，就可以不再受车行老板的气，也无须敷衍别人。他想不到做官、发财、置办产业。他的能力就是拉车，他的理想就是买车，做自己的主人。因此，即使如祥子这样处于社会最底层的劳动者，也有做人的尊严和理想。但是，这样的人的最基本的追求和梦想却破灭了，最后，祥子放弃了做人的最基本的原则，不仅在生活上，而且在精神上彻底堕落。

在小说里，作者花了大量的篇幅写祥子个人的情感生活。虎妞在祥子的生活中占据了很重要的地位。祥子与虎妞的关系，是老舍表现祥子生存处境和命运很重要的一个方面。

祥子是一个孤儿，没有父母兄弟，没有本家亲戚，他也不喜欢交朋友。他唯一的朋友就是北平这座古城，他孤零零地在这里讨生活。他与其他的人的关系，首先是一种雇用关系，如他与车厂老板刘四爷的关系，他拉包月的杨家等，这种关系基本是一种剥削与被剥削的关系，小说中写道：

> 杨宅用人，向来是三五天一换的，先生与太太们总以为仆人就是家奴，非把穷人的命要了，不足以对得起那点工钱。

杨家这种人家把仆人看作猪狗，他们不准仆人闲着，也不肯看见仆人吃饭。祥子于是一怒之下辞了工。而祥子与自己的同行（其他车夫）的关系，则是一种互相竞争的关系。

在这个世界里，谁是真正关心祥子、喜欢祥子、器重祥子的人呢？就只有虎妞。

二

虎妞与小福子是祥子生活中的两个女人，作者通过祥子与她们的情感关系，表现在私人生活领域里的祥子。在这一富一穷、一强一弱的两个女性形象的塑造中，暗示了老舍的阶级观念和性别观念。

老舍站在底层和男性的立场表现女性，他的情感偏向于底层和柔弱的女性。小福子是一个出身底层的弱女子，她长得好看，温柔体贴，具有牺牲精神，更确切地说她是家庭和社会的牺牲品。她先是被父亲以两百块钱的价格卖给一个军官，被这个男人抛弃后回到家中，为了养活弟弟而卖身。

在祥子的眼里，小福子"是个最美的女子，美在骨头里，就是她满身都长了疮，把皮肉都烂掉，在他心中她依然很美"。对于小福子和祥子这样处于底层的弱者充满了人道主义的同情与悲悯，正是从这样的价值立场出发，老舍把小福子的苦难和祥子的失败、没有出路、堕落，归因于不合理的社会制度。人道主义的基本原则是平等、博爱，这种精神根源是基督教人人都是兄弟和不加选择的普遍同情，即对于所有人富有同情心，后来发展为天赋人权的思想，任何人不能因其阶级、种族、国籍、性别、年龄而受到歧视的现代平等、自由思想。由此观之，至少从《骆驼祥子》而言，老舍的人道主义是站在底层立场上的人道主义，是一种有选择的人道主义。

小福子和虎妞是截然相反的两种女性。小福子美丽、弱小、年轻、穷困、勤俭、为了家庭牺牲自我、逆来顺受、温柔、隐忍。虎妞丑陋、强悍、年老、有钱、好吃懒做、自我中心、争强好胜、粗鲁、泼辣、为达目的不择手段。骆驼祥子和老舍的情感取向和价值观念非常分明，毫不含混。

虎妞的父亲是人和车厂的老板刘四爷。刘四爷是一个无恶不作的人，当过兵，做过强盗，开过赌场，放过阎王账，抢过良家妇女，跪过铁锁，后来金盆洗手，"改邪归正"，开了这个车行。他长得一副虎相，自居老虎。他的女儿也就被称为虎妞，她也长得虎头虎脑，因此吓住了男人，三十七八岁还未出嫁，虽然是父亲的一把好手，但无人敢娶她。她什么都和男人一样，连骂人也有男人的爽快和粗鲁。

虎妞在没有母亲的教养下长大，小说中只字未提她的母亲。虎妞没有自己的名字，人们就这么随着她父亲叫她虎妞。虎妞，无法摆脱她父亲的基因——长相、名字，也无法摆脱她父亲的坏形象对于她的坏影响，虎妞自己也很不喜欢她的父亲，对他毫不尊重，最后为了祥子与父亲彻底决裂。

我们是应该批评虎妞的不孝呢，还是应该赞扬虎妞的反叛精神呢？抑或是应该对于刘四爷这样的剥削者家庭父不父、女不女，父不慈、女不孝的家庭关系嗤之以鼻、幸灾乐祸呢？

《骆驼祥子》对于虎妞形象的塑造是通过三重关系完成的。一是父女关系；二是她和祥子的关系；三是她与大杂院的关系。

虎妞第一次出场的时候，是祥子丢了车，捡了骆驼卖了钱，无处可去，只好回到人和车厂，虎妞见到他就说："祥子！你让狼叼了去，还是上非洲挖金矿去了？"她让祥子一起吃饭，就说："过来先吃碗饭！毒不死你！"然后一把将祥子扯过去。她让祥子喝酒，祥子不喝，她就说："不喝就滚出去。好心好意，不领情是怎着？你个傻骆驼，辣不死你！"

虎妞的凶悍、泼辣、粗鲁跃然纸上。在她与祥子的关系中，虎妞处处主动，咄咄逼人，祥子却是被动地承受。虎妞毫无性别上的弱势，反而因阶级地位、年龄和性格而占据上风和主动，暗示祥子在两性关系中的弱势和被动地位。

虎妞对于祥子是喜欢、欲求还是爱呢？

刘四爷喜欢祥子是因为他有力气、肯干。虎妞喜欢祥子这个人并很器重他。祥子一怒之下辞了杨宅的包月工作无处可去，不得不回到人和车厂，祥子很害怕看见虎妞，因为祥子也知道虎妞平时很看得起自己，不想让她看见自己的失败。

看得起、喜欢、爱，都说明了虎妞评价人的一种标准，而祥子是小说中最值得爱和尊重的，这反映了虎妞的价值标准，是值得肯定和尊敬的。但是小说并未给虎妞足够的空间和权利表达她的精神世界和情感世界，因此，虎妞对于祥子的爱就变成一种欲望，并为了满足自己的欲望不择手段。具有一般普通男人的审美标准和女性观念的祥子自然不会喜欢虎妞这种男性化的、又老又丑、粗鲁又粗俗的女人，尽管她很有钱。

祥子对于虎妞的拒绝和厌恶，同样体现了祥子的可贵之处。他不会为了车厂老板的财产而娶一个自己不喜欢的女人。而虎妞却为了满足自己的愿望，强迫祥子和她结婚，而不顾祥子的感受。虎妞对于祥子的器重和一番情意，完全变成了一种令人厌恶的占有欲。祥子虽然在这桩婚姻中获得了经济上的利益——虎妞带来了一笔钱，祥子有了自己的车，但是，这是违背祥子的价值准则的：他要依靠自己的劳动买车。

这场被逼迫的婚姻进一步揭示了祥子的被动命运：作为一个底层的劳动者，他无力主宰自己的情感和私人生活，甚至，他与虎妞的酒后乱性，也是虎妞有预谋的引诱，祥子其实也不能主宰自己的身体。他本以为自己既被虎妞引诱，也不图她的钱，那就可以与她一刀两断。但是，虎妞却要祥子为自己不能主宰自己的身体和性欲而负责。祥子结了婚，有了车，但却丧失了自己作为一个男人的尊严。

三

婚后的祥子是如何看待自己的处境的呢？小说中有很深入的描写：

别人给你钱呢，你就非接受不可；接受之后，你就完全不能再拿自己当个人，你空有心胸，空有力量，得去当人家的奴隶：作自己老婆的玩物，作老丈人的奴仆。一个人仿佛根本什么也不是，只是一只鸟，自己去打食，便会落到网里。吃人家的粮米，便得老老实实的在笼儿里，给人家啼唱，而随时可以被人卖掉。

祥子觉得一切任人摆布，而摆布他的虎妞：

是姑娘，也是娘们；像女的，又像男的；像人，又像什么凶恶的走兽！这个走兽，穿着红袄，已经捉到他，还预备着细细地收拾他。谁都能收拾他，这个走兽特别的厉害，要一刻不离地守着他，向他瞪眼，向他发笑，而且能紧紧地抱住他，把他所有的力量吸尽。他没法逃脱。……他是在老婆——这么个老婆！——手里讨饭吃。空长了那么高的身量，空有那么大的力气，没用。他第一得先伺候老婆，那个红袄虎牙的东西，吸人精血的东西，他已不是人，而只是一块肉。他没有了自己，只在她的牙中挣扎着，像被猫叼住的一个小鼠。

这段描写从祥子的立场强调了祥子与虎妞性关系中兽性的、本能的一面，没有快感的祥子仿佛在受着性的剥削和精神的控制，虎妞不仅占有祥子的身体，而且不许祥子有任何自己的主张。

虎妞非常满足这样的生活。她自得其乐地过自己的幸福生活，吃饭、逛街、生孩子。虎妞住进了大杂院，她周围尽是些穷人，所以她很得意，因为，她是唯一有吃有喝有穿，不用着急，而且可以四处逛的人。她根本看不见别人的苦楚，她对于他们的苦难没有任何的同情。只要有人威胁到自己的地位，她就会立刻露出狰狞面目保卫自己的婚姻，如她对小福子的态度和做派。

虎妞这样有钱、泼辣、粗俗、自私、为所欲为，为达目的不择手段，天不怕地不怕的女人，最后死于难产，她的优越变成了她的祸患，这样的结局似乎是对于她的一种惩罚。

四

老舍的《骆驼祥子》、巴尔扎克的《贝姨》和20世纪五六十年代美国的一位女作家卡森·麦卡勒斯的中篇小说《伤心咖啡馆之歌》，三部作品中的女主人公有某些相似之处。

贝姨是巴尔扎克同名小说中的一个人物，四十几岁的老姑娘，又丑又粗俗。在她居住的公寓楼里住着一个流亡的波兰贵族温赛斯拉，一个雕塑家，二十几岁，穷困潦倒，走投无路，企图自杀。贝姨无意之中救了他，并拿出了自己的积蓄帮助他实现梦想。贝姨以他的监护人和守护神自居，温赛斯拉在贝姨粗暴而专制的母性般的呵护下度过了三年。

　　可是，温赛斯拉与贝姨的外甥女相爱并准备结婚。贝姨本来就对嫁入豪门的姐姐于勒男爵夫人心怀嫉妒。新仇旧恨，贝姨实施了一系列的报复计划，先是将温赛斯拉送进了监狱，后又为于勒男爵、温赛斯拉与巴黎娼妓瓦莱里做淫媒。她穿梭于姐姐一家和瓦莱里之间，表面上同情姐姐一家的遭遇，实则助纣为虐、幸灾乐祸。她实为魔鬼，却被姐姐一家当作天使。

　　相比于贝姨，《骆驼祥子》中的虎妞就单纯简单得多了。虎妞与贝姨一样又老又丑，对于年轻的男人怀有一种粗暴专制的母性般的爱，但虎妞既没有贝姨那样的世故狡猾，也没有那样的狠毒和手段。《骆驼祥子》无意于对虎妞的命运、心理、情感进行深度的挖掘。在这部以男性为中心的作品中，虎妞是作为一个附属形象而存在的，她的形象主要是在与父亲、祥子和小福子这三人的糟糕的关系中表现的。虎妞作为一个女性丝毫没有因为爱情和婚姻发生性格和精神上的改变。

美国女作家麦卡勒斯的《伤心咖啡馆之歌》中的女主人公——艾米利亚，与虎妞一样，也是由父亲一手养大，骨骼和肌肉长得都像个男人，头发剪得很短，黝黑的脸上有一种男性的严峻和粗犷的神气。她也很会经营，除了父亲留给她的商店外，她还有一家酿酒厂，她又用庄稼和自己的不动产做抵押，买下了一家锯木场，成了方圆几英里最有钱的女人。在她看来："人的唯一用途就是从他们身上榨取出钱来。"她在赚钱方面很在行，还会木匠活，会酿酒。总之所有男人做的事情她都能做而且做得比他们都好。

艾米利亚性情古怪、行为怪诞，不知怎么与人相处，热衷于打官司，要是在路上被石头绊了一下她也会环顾四周看看有谁可以对簿公堂。她六亲不认，唯一的一个表妹与她相遇时也会远远绕道而过，甚至在路边啐一口唾沫。镇上有一个英俊的青年爱上了她，但结婚没两天她就把丈夫赶出了家门。

不久，镇上来了一个奇丑无比的罗锅李蒙，艾米利亚爱上了他。爱情使得艾米利亚发生了很大的变化，她悉心照料这个残疾的人，也给镇上的人免费治病。他们开了一个咖啡馆，镇上的人在这个咖啡馆里也变得斯斯文文。爱情改变了艾米利亚，也使镇子发生着变化。

六年后，艾米利亚的前夫回到镇上，李蒙背叛了艾米利亚，并与艾米利亚的前夫合力捣毁了咖啡馆，彻底从精神上击垮了艾米利亚，她从此失去了生活的意趣，回到她与世隔绝的生活状态。

这部小说深入女性的性别气质，但其核心却是爱的本质和人的孤独。老舍笔下的祥子、虎妞也是孤独的人，但这种孤独不是哲学意义上的，而是阶级意义上的。《伤心咖啡馆之歌》中的每个人都是在生活中孤立、精神上孤独的人。不管一个人在形体上多么强悍、在物质领域多么成功，但就是没有能力去扩展自己的生活，没有能力去爱、去奉献、去接受爱，这才是使人极度痛苦的根源。

在这种状况下，爱情中的对等关系几乎是不可能的，一个人不能同时扮演爱者和被爱者两个角色，被不爱的人爱是一种痛苦和折磨。

麦卡勒斯的小说探讨的是：人与人之间存不存在一种不顾及物质（财产、地位）、身体（健康、美、丑）、婚姻形式的纯粹精神意义上的依恋呢？这种纯粹意义上的依恋可否带来生活的意义和目的？

一定有读者会追问，高大、富有、强悍的艾米利亚为什么会爱上畸形、丑陋、来路不明的李蒙？其实，在麦卡勒斯看来，爱与被爱者无关，完全是爱者个人内在精神追求的体现。

张爱玲了断私情之作

郜元宝讲张爱玲《色·戒》

一

张爱玲后期的小说《色·戒》是一部比较特殊的作品。

2007年，著名导演李安将《色·戒》改编成电影，轰动一时。但电影对小说原著改动很大，原著本来就机关重重，令人费解，被电影这么一改，就更加难懂了。

要读懂《色·戒》，首先必须了解它的创作背景。

这就要说到1945年8月抗战胜利，国民党政府还都南京，很快公布"惩办汉奸条例"，也包括"文化汉奸"，鲁迅的二弟周作人就是在这时候被当作"文化汉奸"而锒铛入狱。张爱玲的情况也不妙，因为上海沦陷时期，发表她作品的许多报纸杂志就有日伪的背景，她还与汪伪政府文化官员胡兰成结婚，在有些人看来，她也是"文化汉奸"。

对此，张爱玲当然不能沉默。1946年底，趁着短篇小说集《传奇》出增订本，张爱玲写了篇序言，说自己绝非"文化汉奸"。她承认收到过日本占领军主办的"第三届大东亚文学者代表大会"的邀请函，但她拒绝了，并未参加。另外她还有一篇新写的散文《中国的日夜》，收到《传奇》增订版最后，再三强调对中国的热爱。至于她和当时正四处逃窜的汉奸文人胡兰成的关系，却故作轻松地归入"私生活"范畴，不予谈论。

这就留下一个悬念，人们不禁要问：对这个敏感问题，张爱玲会沉默到底吗？

《色·戒》的问世，终于打破了三十多年的沉默。《色·戒》1953年就有草稿，经过反复修改，1978年才发表于台湾。正巧胡兰成那时也在台湾，还相当活跃，文章和谈话屡屡提到定居美国的张爱玲，令张爱玲非常不快。她在这种情况下发表《色·戒》，就是想彻底了结她跟胡兰成的旧账，也为自己那段过去辩解。

当然张爱玲做得很微妙。她既要将她和胡兰成的事适当摆进去，否则就无法了结旧账；又必须有所"化装"，不想太抛头露面。

先说张爱玲在小说中的"化装"，这主要有以下四点：

其一，王佳芝是"岭南大学"而非"香港大学"学生，这就和张爱玲20世纪40年代初在香港大学就读的经历撇清；

其二，王佳芝是广东人而并非上海人，小说特别指出她通电话时用的是粤语，这就和张爱玲自己的上海籍划清界限；

其三，易先生的原型是大特务丁默邨，王佳芝、易先生的关系，脱胎于1939年军统女特务郑苹如诱杀丁默邨的"本事"，这就和同为文人的张、胡有很大的不同。

其四，张爱玲英文极好，小说中王佳芝跟讲英语的珠宝店老板之间竟然"言语不太通"，这就又将自己与王佳芝区别开来。这四点，就是张爱玲在小说中给自己的"化装"。

但小说也涉及张、胡之间许多往事：

其一，易先生家里挂着"土黄厚呢窗帘"，"周佛海家里有，所以他们也有"。张爱玲结识胡兰成之前，曾经跟当时另一个女作家苏青一道拜访过周佛海，或许她真的在周家见过那种窗帘。

其二，小说中周佛海和易先生芥蒂颇深，胡兰成追随汪精卫，与周佛海也不甚相得。

其三，易先生在香港发迹，胡兰成起初也是在香港写政论而为汪精卫所欣赏。

其四，王佳芝最初是在香港接近易先生的，张爱玲在香港读书时，虽然和胡兰成并无交集，但1944年至1945年他们热恋时，必然谈论过这层同在一城的因缘。

其五，胡兰成、易先生都频繁往来于南京和上海之间。

其六，易是武夫，却有"绅士派"的风度，这也只有理解为他是胡兰成的影子。

其七，王佳芝在珠宝店放跑了易先生，直到确认"地下工作者"没有开枪，才放心。这种牵挂，也符合张爱玲在胡兰成窜逃浙、闽两地而又恩断情绝时，仍对他多方接济的事实。

其八，易先生和胡兰成对所爱的女子都毫不留情，或弃，或杀。

所有这些与事实有关的叙述，当然是尊重历史，也提醒相关人士（包括胡兰成）引起注意，而上述巧妙的"化装"，则是"此地无银三百两"的暗示。

张爱玲这样写《色·戒》，可谓机关算尽，煞费苦心。总之《色·戒》不是一般的虚构小说，其中有大量的纪实性因素，而无论纪实还是虚构，最终都指向张爱玲必须予以了结的她跟胡兰成三十年前的那笔旧账。

套用张爱玲写于1943年的著名小说《金锁记》结尾那句话："三十年前的月亮早已沉了下去，三十年前的人也死了，然而三十年前的故事还没完——完不了。"

二

张爱玲写《色·戒》的动机，是要通过小说人物王佳芝、易先生与真实人物张爱玲、胡兰成之间虚虚实实的对照，来表明她对胡兰成的态度，以此了结她跟胡兰成之间的旧账，也为自己的过去辩解。

因此，我们读《色·戒》的关键之一，就是要看作者对于作为胡兰成的影子的那个易先生的态度究竟如何。关于这个问题，有几场戏特别值得关注。

第一场戏是在珠宝店，写王佳芝看易先生，"他的侧影迎着台灯，目光下视，睫毛像米色的蛾翅，歇落在瘦瘦的面颊上，在她看来是一种温柔怜惜的神气"。看到这种"神气"，王佳芝就认为"这个人是真爱我的"。

但这只是她的一厢情愿，实际则未必，因为就在易先生摆出一副令王佳芝神魂颠倒的姿态之前，小说还有一段易先生的心理独白，将他的真情实感暴露无遗——

> 本来以为想不到中年以后还有这样的奇遇。当然也是权势的魔力。那倒还犹可，他的权力与他本人多少是分不开的。对女人，礼也是非送不可的，不过送早了就像是看不起她。

显然易并不真的爱王，他只想借她证明自己的"魔力"。即使这"魔力"来自权势也无妨，因为权势和他已经分不开了。他所具有的不是对她的爱，而是"自我陶醉"。这就是写易先生的真心，和王佳芝的错会。

第二场戏是易先生恩将仇报，痛下杀手，将王佳芝及其同伙一网打尽之后，他的内心独白："他们那伙人里只有一个重庆特务，给他逃走了，是此役唯一的缺憾。"言下之意，捕杀王佳芝并不算他的"缺憾"。

当然易先生对王佳芝的死也并非毫无"缺憾"，但并非因为所爱者香消玉殒，而是不能将计就计，继续榨取王佳芝的灵与肉："不然他可以把她留在身边。'特务不分家'，不是有这句话？"又说，"她临终一定恨他。不过'无毒不丈夫'。不是这样的男子汉，她也不会爱他"。易先生其实是自以为是、风流自赏、自私而荒谬。对胡兰成其人略知一二的读者都会感到似曾相识。

李安的电影最后写易先生坐在王佳芝的床上，睹物思人，因为救之不能而伤心欲碎。这要么没看懂小说，要么就是蓄意篡改。

电影的事，我们姑且放在一边吧。这里要强调的是：张爱玲在小说中躲在易先生背后，让易先生现身说法的这几段心理描写，足以暴露易先生所影射的胡兰成的卑鄙、龌龊，足以了结她和胡兰成之间的那段孽缘了。

三

其次，张爱玲对胡兰成的态度，还通过小说人物王佳芝暗示出来。

《色·戒》有一句话颇有争议，就是写王佳芝"每次跟老易在一起，都像洗了个热水澡，把积郁都冲掉了，因为一切都有了个目的"。

1978年《色·戒》发表时，台湾小说家张系国就抓住"热水澡"做文章，指责张爱玲"歌颂汉奸"，怪她竟然把"地下工作者"王佳芝写成在汉奸那里获得性满足的色情狂。其实这句的意思只是说，王佳芝及其伙伴们过去谋杀老易失败，现在她终于逮着老易，可以完成未竟之业，不至于枉费大好青春了。

张爱玲大概也怕引起读者误会，还特意提到王佳芝和老易只有"两次"性生活，不仅没什么感觉，也谈不上爱不爱的："跟老易在一起那两次，总是那么提心吊胆，要处处留神，哪还去问自己觉得怎样"，"但是就连此刻，她也再也不会想到她爱不爱他，而是——"破折号后面的故事，就是上述王佳芝对易摆出的那个表情的错会。她"爱"他，仅此而已，充其量只能说是一念之间，而电影却用了大量床戏为王佳芝的"爱"和最后的"捉放曹"铺垫，这也是一种不可原谅的对于原著的篡改。

当然，张爱玲是异常泼辣的，即使这一念间的"爱"，她也并不抹杀，所以她就索性写王佳芝非要确定同伴没开枪，这才离开珠宝店。王佳芝对易先生的情意，也就到此为止了。

李安不明此理，仅仅因为张爱玲此后没有让王佳芝出场说话，就越俎代庖，认为被老易绑赴刑场的王佳芝，仍然像老易所希望的那样，"生是他的人，死是他的鬼"，这就真是瞎扯了。

另外，小说中王佳芝离开珠宝店，明明是要三轮车去"愚园路"一个亲戚家，到那里"看看风色再说"，电影却说她要去"福开森路"她和老易的那个所谓的"爱巢"。去那里干吗？讨奖赏吗？这也是电影对小说不可原谅的篡改。

总之，张爱玲是要通过小说《色·戒》表明她对胡兰成的态度。一方面，通过心理描写，她暴露了易先生的风流自赏、自以为是、卑鄙龌龊。另一方面，她也如实写出了王佳芝对易先生一念之间的所谓"爱"。这里面所要暗示的是，她爱过胡兰成，但那只是一念之间的感动，绝非天长地久，至死不渝。更重要的是，她对胡兰成早就洞悉肝肺，剩下的只有鄙视而已。

如此了结旧情，也算是恩怨分明吧。

最后还要补充一点：一般而言，小说要追求普遍的价值和意义，就不应该把作者的私生活夹带其中。

这等于办公务时干私活。但也并非绝对不可，毕竟作者的私生活也是生活的一部分。作者有权利就地取材，只是作者的"私活"不能太露骨，不能把读者的注意力全部吸引过去，小说写到最后，要能既办完"私活"，也让读者有一种普遍意义的人生感悟。

张爱玲的《色·戒》是否符合这个标准，读者自有公论。

两位人格扭曲的女性形象

邰元宝讲柳青《创业史》和陈忠实《白鹿原》

一

柳青的创作跨越现代和当代，但他最成功的小说《创业史》第一部完成于 20 世纪 50 年代末，属于当代文学"十七年"时期（1949—1966）的巅峰之作。《创业史》中"梁生宝买稻种"的故事选入中学课本，但《创业史》的成就是多方面的，不限于"梁生宝买稻种"，也不限于它所塑造的英雄人物梁生宝的形象。

陈忠实 20 世纪 70 年代就开始创作，中短篇小说成绩都很可观，但直到 1992 年完成、1993 年发表长篇小说《白鹿原》，他才真正跻身经典作家的行列。1997 年《白鹿原》获中国当代文学最高奖"第四届茅盾文学奖"，先后被改编成秦腔、话剧、舞台剧、电视剧和电影，影响巨大。陈忠实着力刻画的那位老族长，即恪守传统道德伦理的白嘉轩的形象，给人深刻印象。但《白鹿原》的成就也是多方面的，并不限于白嘉轩这一个人物的塑造。

把柳青、陈忠实放在一起讲，首先因为他们都是陕西人。柳青出生于陕西榆林的吴堡县，陈忠实出生于陕西长安县（如今已划归西安市灞桥区）。一个在陕北，一个在关中，但柳青长期扎根陈忠实所在的关中渭河平原，以此为"根据地"写出代表作《创业史》，所以他俩算半个老乡。

其次，他们的文学成就都集中于一部长篇，都以一部长篇定终身，这在普遍"高产"的当代作家群中，是极为罕见的两个例外。

第三个原因更重要，陈忠实毕生奉柳青为文学上的导师。虽然《创业史》主要写20世纪50年代中期波澜壮阔的农业合作化运动，《白鹿原》的背景则是辛亥革命前后直到1949年中华人民共和国成立，二者区别很明显，但在创作方法上，《白鹿原》对《创业史》还是有颇多借鉴。

比如，今天我要集中讨论的《创业史》女主人公之一赵素芳和《白鹿原》女主人公之一田小娥，这两位农村小媳妇的形象之间，就有着千丝万缕的联系。分析她们的异同，有助于我们更好地理解这两个人物各自的性格与命运，以及作家塑造她们的用心所在，也有助于我们更好地理解一个作家究竟怎样向另一个作家学习而又有自己的独创。

二

刚才说赵素芳、田小娥都是女主人公之一，因为《创业史》《白鹿原》各自都还有另一个女主人公。

《创业史》的另一个女主人公是乡村姑娘徐改霞，她是男主人公梁生宝的"对象"。梁生宝一心扑在农业合作化运动中，没时间谈恋爱，两人一再错过增进感情、确立关系的机会。最后改霞招工进城，跟生宝断绝往来，改霞在小说中的地位也因此急剧下降，这就让小媳妇素芳占据更多的戏份，成为另一个女主人公。

《白鹿原》另一个女主人公叫白灵，这是一个奇女子，聪明、漂亮、豪爽、泼辣。那个时代的女子讲究足不出户，温良恭顺，白灵却一天到晚跑得不归家，凡事都有主张，经常顶撞严厉的父亲白嘉轩，最后离家出走，几乎断绝了父女关系。

小说写国共合作的大革命失败之后，白灵毅然加入中国共产党，跟身为国民党军官的男友、鹿家二公子鹿兆海分道扬镳，却很快和鹿兆海的哥哥、中共地下党领导鹿兆鹏结为夫妻，最后为革命而牺牲。白灵虽然在小说中戏份不少，但她的性格比较固定、单一，只能跟田小娥平分秋色。

陈忠实笔下的白灵、田小娥很像柳青笔下的徐改霞、赵素芳。改霞和白灵都聪明、漂亮、纯洁、正派，又有决断，懂得如何把握人生大方向，是通常所谓"正面人物"。赵素芳、田小娥也很漂亮，但她们命途多舛，迭遭不幸，又生性糊涂犹豫，尤其在两性关系上都严重违背了正常的道德规范，人格上有极大的污点。但她们并非通常所谓"坏人"或"反面人物"，周围的人们虽然大多不能理解、不肯原谅她们，但仔细分析起来，我们就会发现，她们的所作所为也都情有可原，作者对她们的悲惨命运也都给予了深厚的同情。

这就造成赵素芳和田小娥作为小说人物的复杂性。

三

先说《创业史》中的赵素芳。她出生于小镇上一个殷实人家，父亲年轻时被坏人引诱去赌博吸毒，家道中落，她自己又不幸被镇上流氓诱奸而怀孕。为了遮丑，草草嫁给梁生宝的邻居、老实巴交的拴拴为妻。

这个拴拴不仅穷，而且过于憨厚，完全不懂男女之情，又处处听他父亲摆布。拴拴的父亲，即素芳的公公，是个瞎子，但比明眼人还厉害。他精打细算，用不多的彩礼给儿子娶了这个名声不好的媳妇，随即采取一整套措施来修理和改造素芳。先是用顶门闩残酷地打掉素芳的身孕，再就是严防死守，不准她随便抛头露面，让她过着半禁闭的生活。

素芳当然不满这样的命运，无奈名声不好，只能忍气吞声。但她没有完全死心，渐渐就爱上邻居梁生宝，经常对生宝眉目传情，甚至要生宝帮她跟拴拴打离婚。但生宝是党员干部，洁身自好，立场坚定，而且他和素芳的公公一样瞧不起素芳，动不动就对素芳来一通义正词严的教训。

素芳备受伤害和羞辱，痛苦而绝望，终于在服侍远房姑妈坐月子的时候，被堂姑父（小说中描写的反动富农）姚士杰勾引，两人暗地里发生乱伦关系。

素芳对姚士杰，先是敬佩、畏惧，后是厌恶、仇恨。但她觉得姚士杰有丈夫拴拴所没有的男性魅力，这使她在和姚士杰之间那种见不得人的关系上显得半推半就，由此落入犯罪、享乐而又充满自责、恐惧和怨恨的深渊，难以自拔。

以上是《创业史》第一部中素芳的大致经历。

《创业史》第二部又用了两章多的篇幅，写素芳趁瞎眼公公去世下葬的机会，呼天抢地、撕心裂肺地大哭一场。周围人都莫名其妙，素芳也不肯告诉别人她究竟为何而哀哭不止。柳青的本意，也许是想通过这种无言的号哭来表现旧社会对素芳这种底层妇女的伤害，但在小说的具体描写上，柳青显然又无法给素芳安排一个合乎逻辑的出路。即使在新社会，素芳这种孤苦无助、诉说无门的处境也很难改变，她的精神重负也很难卸下。少女时代被奸污，和拴拴无爱的婚姻，瞎眼公公的折磨，单恋梁生宝的失败与屈辱，所有这些都无人同情。至于她跟堂姑父姚士杰的乱伦关系，一旦败露，更将是灭顶之灾。

这就是素芳的几乎没有希望改变的悲苦命运。

我们再来看《白鹿原》中田小娥的故事。

田小娥先是被父母安排，嫁给大户人家做小妾。她不满丈夫和大太太的苛待，大胆地与"揽活"的短工黑娃私通。很快就被发现，一纸休书，遣送回家。田小娥的父亲是死爱面子的穷酸秀才，觉得女儿丢尽了自己的脸，迫不及待倒贴着把小娥嫁给黑娃。因为这层关系，白鹿村族长白嘉轩不准田小娥进祠堂，黑娃父亲鹿三也不准黑娃和田小娥进门。可怜的小夫妻只能在村口破窑洞里安家，起初小日子倒也过得红火。

单看这一点，田小娥的遭遇似乎比素芳强多了。然而不久，黑娃在他的发小鹿兆鹏的鼓动之下，做了"农协"的头领，斗土豪劣绅，在白鹿原上闹得风生水起。好景不长，国共合作破裂后，国民党残酷镇压共产党，黑娃被迫转入地下。田小娥从此孤身一人，无依无靠。作为共产党家属，她还整天被威胁，受迫害。

这时候，鹿兆鹏、鹿兆海的父亲，一贯好色的"乡约"（即后来的保长）鹿子霖乘人之危，乘虚而入，以保护田小娥为名，强行与她私通，然后还让田小娥去引诱他的仇人白嘉轩的长子、新任族长白孝文，害得白孝文身败名裂，被白嘉轩踢出家门，沦为乞丐。田小娥的公公鹿三是白嘉轩的长工，两人是"义交"，鹿三不差似白家成员之一。他不忍心看到臭名昭著的媳妇败坏白嘉轩的门风，一怒之下，杀了田小娥。

所以故事发展到最后，田小娥的命运比素芳还要悲惨。

四

用通常的道德标准衡量，素芳和田小娥都有不道德的行为。但素芳勾引梁生宝，后来又被堂姑父姚士杰拉进犯罪的深渊，根源都在婚姻的不幸。而她之所以落入不幸的婚姻，又因为父亲是败家子，自己则受流氓诱骗，失去清白之身，这才一错再错。

同样，田小娥的所谓水性杨花也情有可原。首先她青春年少，却给人做小妾，这就开启了全部悲剧的序幕。她私通打短工的黑娃，对那个用钱将她买来做泄欲和生养工具的"武举"来说，并不构成出轨和背叛，而是反抗命运的不公，追求正当的爱情。田小娥走出这一步，不被任何人所理解，也得不到亲生父母的同情。好不容易跟相爱的黑娃成了家，仍然得不到族人和公婆的承认。所有这些，都加剧了她心灵所受的伤害。

尽管如此，田小娥和黑娃还是有过短暂的幸福。但接下来黑娃的逃走，使田小娥失去全部的依靠。一个弱女子只能随人摆布。鹿子霖正是利用这一点，无耻地将她霸占。

许多时候，素芳和田小娥都好像是随波逐流，随人摆布，但内心深处并未失去基本的是非观，更没有昧着良心干坏事。比如，素芳和田小娥在心理和身体上都曾经对勾引、强暴她们的姚士杰与鹿子霖有过依赖，但她们很快都看清姚士杰和鹿子霖的为人，她们并没有完全沉溺于和姚士杰、鹿子霖那种见不得人的乱伦关系。越到后来，她们对这两个邪恶的男性就越是充满鄙视和痛恨，最后决然与之断绝关系。

再比如田小娥在鹿子霖的唆使下报复了白孝文，却很快就意识到，这种报复乃是陷害好人，于是她就用自己的方式来补偿甚至讨好白孝文。田小娥对白孝文的认识后来证明是错误的，她用鸦片烟来讨好白孝文更是非常愚蠢，但至少从她意识到自己受鹿子霖的哄骗而害了"好人"这一点，还是可以看出她善良的天性。

说到底，素芳和田小娥都是变态社会无辜的牺牲品，所以尽管她们在正常情况下诉说无门，作家还是以特殊方式让她们有所发泄。柳青是让素芳号啕大哭，宣泄心中的积郁，陈忠实则是让田小娥死后化作厉鬼，附在杀死她的公公鹿三身上，向鹿三（也向白鹿原上所有人）诉说自己的冤屈。在这一点上，我们就可以看出陈忠实对柳青的继承与发展。

总之，柳青、陈忠实在描写历史与人性的复杂性上所取得的成就，一点也不逊色于中国古代那些经典作家，甚至后出转精，后来居上。

我们评价中国当代文学，应该有这样一种历史发展的眼光。

一个人与一座城

王小平讲王安忆《长恨歌》

一

《长恨歌》这部小说曾经获得第五届茅盾文学奖，被看作当代海派文学的重要代表作品，还被改编成电影、电视剧、话剧，风靡一时。这部小说主要讲述了"上海小姐"王琦瑶跌宕起伏的一生，在中国现当代文学史上，很难找到像王琦瑶这样的艺术形象。

为什么？因为王琦瑶不是一个特殊的、具体的、有个性的人，而是代表了上海市民文化中的某一类人，代表了一个"类"。

王安忆在小说一开始是这样介绍王琦瑶的：

王琦瑶是典型的上海弄堂的女儿。每天早上，后弄的门一响，提着花书包出来的，就是王琦瑶；下午，跟着隔壁留声机哼唱《四季歌》的，就是王琦瑶；结伴到电影院看费雯丽主演的《乱世佳人》，是一群王琦瑶；到照相馆去拍小照的，则是两个特别要好的王琦瑶。每间偏厢房或者亭子间里，几乎都坐着一个王琦瑶。

在这段描写里，作家给我们介绍了一个"复数"的王琦瑶：她可以是一个人，也可以是两个人，也可以是一群人，甚至在每个偏厢房或者亭子间里都可以坐着一个王琦瑶。也就是说，王安忆笔下的王琦瑶，是20世纪三四十年代上海市区石库门里走出来的女中学生的一种"共名"，王琦瑶是她们共同的名字。

如果说，1946年的王琦瑶是十六岁的话，那么，1966年的王琦瑶就是三十六岁，1986年的王琦瑶是五十六岁。小说就是通过这样三个时间节点，描写了王琦瑶这个上海凡俗女人的一生，并且从这个人物的故事来影射上海这座城市的一段文化历史。所以，更抽象一点说，王琦瑶这个形象就是上海这座城市前世今生的一个文化象征，王琦瑶的命运与上海这座城市存在着同构关系。

二

下面我们就从三个时间节点来分析，王琦瑶是一个怎样的女人，代表了什么样的文化，与我们今天认知中的上海以及海派文化有什么联系。

我们先来看小说描写的第一个时间节点：1946年。

这一年，王琦瑶十六岁，是个普普通通的女中学生。表面清纯、朴素的衣着，还有看上去小家碧玉似的乖巧玲珑，却紧紧包裹着她身体内部不断胀大的青春欲望。王琦瑶参加"上海小姐"选美比赛，获得第三名，成为"三小姐"。

王安忆这样写道："大小姐和二小姐是应酬场面的，……而三小姐则是日常的图景，是我们眼熟心熟的画面，她们的旗袍料看上去都是暖心的。三小姐其实最体现民意。"很明显，王琦瑶象征的不是那个风情万种、妖娆动人的远东第一大都市上海，而是旧上海的普通市民社会，她是在市民文化熏染下成长起来的、有着浓郁家常生活气息的小家碧玉。

王琦瑶凭借着本能去经营自己的生活，追求安稳，又有一点虚荣、一点浮躁，在权力和金钱面前，心甘情愿地顺从、迎合，而这种顺从和迎合也得到了周围邻居的认可甚至羡慕。这里就体现出市民文化的一种世故，一种对主宰着现代都市的金钱、权力的体认与渴望。于是，当王琦瑶一旦被党国要员李主任看中，她也就顺理成章地做了李主任的外室。繁花般的命运转机与堕落的生活现实是同时到达的，这就是上海这座城市的现代性文化特征——繁华与靡烂同体而生，迅速而亡。这是半殖民地旧上海的写照，也是王琦瑶的命。

　　但是，真的就像是奥地利作家茨威格说的，"所有命运馈赠的礼物，早已暗中标好了价格"。那时候的王琦瑶，还并不知道日后将要付出的代价。她最风光的青春时期，其实已经是旧上海的末路了，舞台马上就要落幕，但戏中人是不自知的。这一天当然还是来到了。

　　1948 年，上海风云变色，李主任也因飞机失事而死去，结束了王琦瑶所有的梦想。这就是第一部里的故事，老上海市民文化孕育了王琦瑶这样一位"三小姐"，让她的欲望落在了实处，有了短暂的昙花一现的时刻，然而，时代在大的变动之中，普通人常常看不清命运去向。这是没有办法的。风雨飘摇中的老上海，繁华、靡烂，充满了梦幻，终于也走到了尽头。

三

　　我们再来看小说描写的第二个时间节点：1966 年。

　　这里所说的 1966 年，只是一个模糊的时间概念，具体地说，应该是指 20 世纪 50 年代末到"文革"初期。这个时候的上海，正在经历一系列社会主义改造的政治运动，然而也就是在这样一个时刻，老上海藏污纳垢的民间文化，发挥了极大作用。

小说的第二部分写得最精彩，王琦瑶隐居在上海的弄堂里，与同样居住在弄堂里的几个邻居，组合成一个半隐秘的民间小世界。他们一个是资本家的太太严师母，一个是社会青年康明逊，另外一个是有着苏联血统的高干子弟萨沙，这几个失意之人，彼此不问来路，小心翼翼地经营着一方天地。他们一起吃下午茶，做夜宵，打麻将，谈天说地，半真半假，挤在一起互相取暖，久而久之，彼此之间也有了一点真心。

老上海的市民文化里有一种保守性，他们不管外面天翻地覆，只要关起自己的房门，屋里厢又是一番小乐惠。他们不盲动，不狂热，善于精打细算。政治风暴来了，就躲进小楼成一统，不管冬夏与春秋；等到政治风暴过去了，检点一下，别人都遍体鳞伤，他们受到的伤害则是最少的。

小说里这一部分描写得很细致，体现出了老上海市民文化的精髓，虽然格局很小，却很安全。但后来，王琦瑶与社会青年康明逊相爱了，对的人，却在一个不对的时间相遇，所以他们不可能像张爱玲《倾城之恋》中的白流苏和范柳原那样，凭借着乱世中的一点点相知相惜而结合。在他们身旁，有无数双眼睛在监视、审判，这个时代容不下他们小小的爱。但不管怎样，这里面是有着真心在的，王琦瑶生下了一个私生女，这也是空虚中的一点点实在的东西。

这一部分，作家写出了都市民间文化中极为坚韧的一面，有着蓬勃旺盛的生命力，能够在一定程度上与时代动荡相抗衡。上海，也就在相对稳定的民间文化的遮蔽下，度过了最艰难的岁月。

四

再接下来，我们看小说描写的第三个时间节点：1986年。

转眼间，王琦瑶的命运又发生了戏剧性的变化，这时，她已经是一个五十出头的女人了。

20世纪80年代开始改革开放，上海慢慢复苏。时来运转，老上海的市民文化又回到了人们的记忆中。于是，王琦瑶开始受到她女儿辈的、一批崇尚怀旧的年轻人的追捧。作家写道："王琦瑶是上个时代的一件遗物。"其中一个叫作"老克腊"的男人迷恋旧上海的文化，在他眼里，王琦瑶代表了他梦寐以求的老上海风情：一个选美选出来的三小姐，徐娘半老风韵犹存，谙熟旧殖民地上海的生活细节，而且传说她的前夫李主任是国民党高官，还留给她一箱黄金，色欲、物欲，还有背后的权欲，都集中在这个女人的传说之中，太迷人了。老克腊不由自主地爱上了王琦瑶，两人发展出一段忘年恋。

这对王琦瑶来说，是一场在秋天里做的春梦。老克腊对王琦瑶的迷恋其实只是他自己的一种幻想。小说里写他是在制造"新的梦魇"。王琦瑶在石库门里培养出来的小情调，在一个生活节奏很快、唯新时尚的时代风气中是不堪一击的，她力不从心了。小说有这样一段描写，有一天老克腊去找王琦瑶，这时候他心里其实已经放下了，他感觉到外面春光明媚，心情非常轻松，但一进王琦瑶家里，感觉就变了：

> 房间里拉着窗帘，近中午的阳光还是透了进来，是模模糊糊的光，掺着香烟的氤氲。床上还铺着被子，王琦瑶穿了睡衣，起来开门又坐回到床上。他说：生病了吗？没有回答。他走近去，想安慰她，却看见她枕头上染发水的污迹，情绪更低落了。房间里有一股隔宿的腐气，也是叫人意气消沉。

王安忆的笔触很残忍，但非常真实。不同年代、不同人群的成长背景、文化记忆，可能会有交错、重叠，但终究是要以自身为起点的。所以小说对于上海的"怀旧热"，其实是有保留的。因为那"旧"，并不是全然美好的，就好像王琦瑶有她的优雅情调，但也有衰败。老上海的市民文化也是一样，既有时尚摩登的繁华，也有它的腐朽糜烂。怀旧是一种幻觉，经不起仔细打量。过去的梦，在日新月异的今天没办法延续。在这里，王琦瑶再次成为旧上海的一个隐喻，而新的上海，是她凭借着过去的经验所无法把握的。

老克腊回到了属于他自己的、虽然没有那么精致但却充满了活力的时代；而王琦瑶，她执意不肯老去，她想要以家藏的金条换取老克腊的心，让他留在自己身边。结果被吸引的不是老克腊，而是更加粗鄙化的怀旧者"长脚"，王琦瑶无法容忍入室抢劫的长脚，结果导致了杀身之祸。市民文化的欲望与执着，成就了她的美和智慧，而这欲望与执着，又反过来让美凋零，让智慧变得愚蠢。这就是老上海的市民文化在现代生活节奏下的轰然毁灭。

小说向我们展示了上海这座城市中的一段情与爱。在白居易的《长恨歌》里，诗人把唐明皇和杨贵妃的爱情写得很美，生前自不必说，杨贵妃死后，依然是"蜀江水碧蜀山青，圣主朝朝暮暮情"。这种爱情无比动人，不思量，自难忘，但是抵不过历史变局。

而在小说《长恨歌》里，王琦瑶所经历的也是一种类似的场景，虽然不是李杨那样深刻的爱恋，却也是一个年轻的女孩子，押上了自己的所有，去赌一个看起来美丽、可靠的前程，但是命运自有其翻云覆雨的手。所以都名为"长恨"，其中是有相通之处的。只是，王琦瑶的痛，包含的是上海这座城市的痛。

和心爱者说分手

郜元宝讲鲁迅《伤逝》

一

鲁迅的短篇小说《伤逝》，写一对"新青年"涓生和子君，他们自由恋爱，挣脱家庭束缚，也顶着社会的歧视与逼迫，勇敢地同居在一起。但不久，因为失去了爱情，不得不痛苦地分手。结局是女方（即子君）死亡，男方（即涓生）陷入深深的"悔恨和悲哀"。

这是鲁迅唯一描写青年恋爱婚姻的小说，创作于1925年，至今已有九十多年。九十多年来，关于《伤逝》的创作动机、艺术手法、主题命意，特别是子君和涓生的评价问题，意见分歧一直很大，《伤逝》也因此成了鲁迅所有小说中最难解说的一篇。

这里原因当然很多，但主要还是跟《伤逝》的写法有关。茅盾说鲁迅小说几乎一篇一个式样，但相对而言，《伤逝》的写法恐怕更为别致。它的副标题叫"涓生的手记"，通篇都是涓生在说，都是涓生的一面之词，几乎不给子君开口的机会。子君有限的一两句话，也都是通过涓生转述的。读者因此完全被涓生的话语裹挟着，很难跳开涓生的控制，获得观察问题的客观立场。许多人问：如果让子君开口说话，或者干脆改成"子君的手记"，又会怎样呢？当然会大不一样，但那就不是我们看到的《伤逝》，而是另一部小说了。

就《伤逝》论《伤逝》，作者让男主人公涓生"一言堂"，这种写法是大有深意的。

首先，五四提倡男女平等，但在新文化运动初期，话语权主要还在男性手里，因此鲁迅这样写，本身就反映了当时真实的文化环境。同时可能还有一句潜台词：看看，这可不是我这个中老年人写的，而都是你们青年人自己说的哦。

其次，俗话说"言多必失"，鲁迅让涓生滔滔不绝，也是要鼓励读者透过涓生自以为是的"一言堂"，发现某些和涓生的话并不一致的事实，也就是透过涓生讲述的缝隙，发现他自己无法防范的某些破绽。

总之我们读《伤逝》，首先要抓住《伤逝》写法上的特殊性，看看主人公涓生的"一言堂"都有哪些值得注意的破绽。做到这一点，就能更深入更客观地理解子君和涓生，以及鲁迅的真实意图。

二

　　首先要问，既然话都让涓生给说尽了，那么涓生对子君的认识与评价符合实际吗？

　　小说写道——其实是涓生用回忆的口吻说道——每当涓生高谈阔论时，"她（子君）总是微笑点头，两眼里弥漫着稚气的好奇的光泽"。当涓生把墙上挂着的一张英国诗人雪莱漂亮的半身像指给子君看时，"她却只草草一看，便低了头，似乎不好意思了。这些地方，子君就大概还未脱尽旧思想的束缚"。这就是涓生的典型的"一言堂"。他凭什么说子君幼稚，"还未脱尽旧思想的束缚"呢？

　　实际上涓生后面还有更难听的话。比如他认为子君跟不上他的思想，不仅跟不上，还"只是浅薄起来"。

　　这就有矛盾了。当子君宣布"我是我自己的，他们谁也没有干涉我的权利！"的时候，涓生不是说过，子君的思想"比我还透彻，坚强得多"吗？为什么子君一会儿"透彻"和"坚强"，一会儿又充满"稚气"，"还未脱尽旧思想的束缚"，甚至"浅薄"呢？

　　鲁迅就是这样任凭人物（涓生）充分表现自己，以此来暴露他思想上的矛盾与破绽。他这样写，目的是提醒读者，涓生的话不能全信，涓生对子君的认识和评价不全面、不稳定，也不完全符合实际。

那么一开始，子君对涓生又了解多少呢？我们当然不能问子君，而只能求助于涓生的讲述。涓生说他自己一开始就对子君"说尽了我的意见，我的身世，我的缺点，很少隐瞒"。但自始至终，我们并没有看到涓生哪怕一句提到过他有什么具体的缺点，可见这也是他自以为是的"一言堂"。

总之，从涓生充满矛盾和破绽的讲述中，我们发现一开始，双方对彼此都缺乏了解，却自以为了解了对方，也被对方所了解。他们带着这种类似幻觉的所谓相互的"了解"（其实是"误解"）贸然结合，当然就埋伏了重重的危机。

三

现在我们就来看看，涓生和子君一开始就危机四伏的关系，怎样一步步走向破裂。

作为爱情小说，《伤逝》没有刻意渲染青年男女热烈的恋爱经过，也并没有刻意展示男女双方在对方眼里的异性的美。这可能会令一些读者失望，这样干巴巴的故事，也算是爱情小说吗？

唯一写到情爱场面的，只有涓生从电影上学来的求爱动作，"含泪握着她的手，一条腿跪了下去"，以及子君很快就令涓生感到害怕的"温习旧课"：为了巩固日渐淡薄的爱情，子君经常要求涓生重复他当初求爱的那一幕。

短暂的蜜月，他们还来不及学习如何去爱，就急速奔向爱的顶峰。小说这样写道："不过三星期"，涓生就"清醒地读遍了她的身体，她的灵魂"。于是涓生"觉醒"了，他认为"爱情必须时时更新，生长，创造"。

这当然没错。但问题是我们并没有看到涓生为了"时时更新，生长，创造"爱情，具体做了些什么。相反，我们只看到涓生自从有了这个"觉醒"，就开始对子君横挑鼻子竖挑眼。

他先是发现，子君从房东官太太那里"传染"了爱动物的脾气。子君喂养的四只小油鸡和一只名叫"阿随"的哈巴狗，涓生深恶而痛绝之。子君为这些小动物和官太太斗气，涓生更是觉得不能原谅。

其次，涓生发现同居之后，子君主要是操劳家务、做饭，"连谈天的工夫也没有，何况读书和散步"。涓生说得振振有词，但他除了一些空洞的"忠告"，比如叫子君不必操劳之外，并无任何实际的建议和帮助，而子君的操劳，又都是居家过日子无法省略的。

第三，就是雪上加霜，涓生被"局"里辞退了。以往的研究将这个细节放大，作为子君和涓生爱情悲剧的主要原因，也以此来印证1923年鲁迅著名的演讲《娜拉走后怎样》对"经济权"再三再四的强调。但小说《伤逝》更加关注的并非经济上的窘迫，而是涓生应对窘境的能力和态度。

一开始，涓生信心满满，并不觉得这是一个"打击"，马上就计划"干新的"，即翻译和写稿。但尚未着手之前，他就敏感察觉到子君的"怯懦"。其实子君并没说什么，只不过对失业的涓生自然而然表示关心，涓生却认定他看到了子君的"怯弱"，又因子君的"怯弱"，他才发现"仿佛近来自己也较为怯弱了"。其实很清楚，怯弱的正是涓生本人，他却反过来怪罪子君，说子君的怯弱影响到自己，让他跟着仿佛也有点怯弱起来。

好了，我们不必再举更多的细节，基本上可以说，涓生有问题。在他"一言堂"的讲述中，凡是好的、对的，都在他这边；凡是坏的、错的，都一把推给子君。涓生基本上可说是一个心智并未成熟却又自以为是的青年。这是子君的不幸。套用一句成语，子君也是"遇人不淑"吧。

四

下面的故事推进就很快了。涓生先是下意识地要摆脱子君，回到同居之前一个人住的那间"会馆里的破屋"，并且想"我一个人是容易生活的……现在忍受着这生活压迫的苦痛，大半倒是为她"。子君只是妨碍他奋然前行的累赘了。

他接着采取的行动，就是越来越冷淡子君，比如大冬天跑去"通俗图书馆"，在那里耗上一整天，把子君一个人留在冰冷的家里。涓生啥也没说，却已经等于抛弃了子君。

但无论涓生如何冷淡子君，也无论子君多么痛苦，她还是一如既往，守着当初两人营造起来的小小世界。这在涓生看来就是执迷不悟，于是他拿出撒手锏，直接告诉子君："我已经不爱你了！"

家人的拦阻、邻里的欺侮、贫穷、寂寞，甚至涓生有意的冷淡，都没有让子君绝望。只有这句话彻底击垮了她，让她知趣地离开。因为一直以来，"爱"是他们住在一起的唯一理由。这个理由既然被涓生亲自拿掉，子君也就只能选择离开。

五

鲁迅写《伤逝》，目的就是讽刺和否定男主人公涓生吗？

也不是。我们看，理性上，涓生懂得"爱情必须时时更新，生长，创造"，懂得"人必生活着，爱才有所附丽"，但这两条颠扑不破的真理并未驱使他与子君携手同行，而是成了指责子君、抛弃子君的借口，好像他们的爱情之所以不能"时时更新，生长，创造"，之所以失去了生活的"附丽"，责任只在子君，跟他毫无关系。

唯其如此，涓生才认为，"新的希望就只在我们的分离；她应该决然舍去"，并把这一"发现"当作天大的真相，无论如何也要告诉子君，否则就是说谎和欺骗。

涓生为自己的逃跑编织了一个近乎完美的逻辑，但一步步暴露的却是他的自以为是。所谓"怯弱""稚气""浅薄"和"旧思想的束缚"，涓生对子君的这些批评，都可以用在他自己身上。

鲁迅这样写，并非要在道德上谴责涓生，而是想告诉读者，涓生也值得理解和同情。他固然掌握了一套新的话语，能高谈阔论，滔滔不绝，但毕竟是少不更事，涉世未深，毕竟初恋不懂得爱情，更不懂得生活。子君何尝不也是这样呢？涓生只是过高地估计了自己，又不肯承认这一点而已。

总之涓生不是坏人，更非见异思迁、始乱终弃的"当代陈世美"——小说自始至终都并未暗示过涓生有了新欢，这才急着要脱离子君。他只是一个冒充成熟的稚嫩的青年。描写这样的青年，鲁迅心里一定充满着惋惜、同情和善意的提醒。

包办婚姻也能诗意浪漫

李丹梦讲闻一多《红豆》

一

闻一多的名字是跟爱国主义联系在一起的。他是新月派(亦称为新格律派)的著名诗人、学者、民主战士。1946 年 7 月 15 日，在昆明举行的李公朴追悼大会上，闻一多发表了《最后一次演讲》，痛斥国民党暗杀进步人士的卑劣行径。会后遭特务伏击，不幸遇难，年仅四十七岁。闻一多的生命定格在那个拍案而起、横眉冷对的身影上，包括那掷地有声的叱问与自白："这里有没有特务？你站出来！是好汉的站出来！……我们不怕死，我们有牺牲的精神！我们随时像李先生一样，前脚跨出大门，后脚就不准备再跨进大门！"

据说闻一多是文天祥的后裔，这在闻家族谱中得到了证实。虽然并非直系，但也算锦上添花、皆大欢喜的发现了。在闻一多这里，爱国竟然有血统的支持，这简直就像关于爱国英雄的完美神话。爱国、斗士，成为我们切入和理解闻一多的关键词，这并不错，但在人格的基本层面上看，闻一多并非单纯的斗士，而要矛盾复杂些。他的人生经历也证实了这点。闻一多真正从政的时间很短，从他1944年加入民盟算起，大概只有三年光景。他总体还是一个书斋内的诗人与学者。而闻一多的特别可爱之处，也恰恰在于他扭转了我们对爱国诗人的刻板印象。

闻一多的爱国，与其说是后天教育引导的结果，不如说是源于生命的冲动与本能需要。简单讲，这是个为爱而生的人。

闻一多曾说："诗人的主要天赋是爱，爱他的祖国，爱他的人民。"这里的"天赋"不是名词，而是一个主谓结构的动词，即"老天赋予的"。其中隐含着诗人对自身存在和命运的感知与领悟。换言之，他是在说，是命运，是老天让我去爱的，我只能如此。就像"春蚕到死丝方尽，蜡炬成灰泪始干"一样。闻一多觉得自己就像一座没有爆发的火山，时时能感受到岩浆在地下奔突涌动时那种火烧的灼痛。

沈从文说过一句很有意思的话："爱国也需要生命，生命力充溢者方能爱国。"这话完全可用到闻一多身上。他的爱国饱含着生命的热度，爱国甚至已成为闻一多生命律动的表现，那么真切自然。朱自清称闻一多是"唯一的爱国诗人"，也是从生命存在的层面来讲的，这是极高的评价了。朱自清绝非阿谀之人，他说闻一多写诗虽然看上去理智的控制比情感的释放多些，但他的诗总体不失为"情诗"。这实在是难得的知己之论。

我们还可把这话扩大些，可以说，闻一多的爱国、爱民都是他个人"爱情"的部分。闻一多曾讲过："男女间恋爱的情感是最烈的情感，所以是最高最真的情感。"而由观念、思想推动的情感在级别上要相对低些。对闻一多而言，只有把对国家、民族的感情酝酿、升华为爱情，才是真实、真诚、够味的，也才会出现"最后一次演讲"的从容壮烈、浓墨重彩。这从他的爱情组诗《红豆》就已体现出来，《红豆》中爱的生发运作跟他爱国爱民的道理是一样的。

二

《红豆》一共包含四十二首诗，它们写于1923年，那时闻一多刚到美国留学不久。《红豆》是他写给自己的新婚妻子高孝贞的。从红豆的题目与意象来看，这组诗应该与爱情有关。红豆在民间又称相思豆，它赤色如珊瑚，中国古典文学作品里，红豆常被作为男女相思的象征。王维的著名绝句就是一例："红豆生南国，春来发几枝。愿君多采撷，此物最相思。"闻一多的《红豆》组诗,也可连接到这一古今繁衍的"红豆—相思"的中华抒情范式中。这从诗歌的开头就已显现了:"红豆似的相思啊!/一粒粒的/坠进生命底磁坛里了……/听他跳激底音声,/这般凄楚!/这般清切!"

闻一多作诗有个特点,他选择的意象、譬喻大多和传统事物有关,除了红豆外,还有红烛、鲛人、女娲、古瑟,等等。从红豆这样的传统公共意象落笔,切入个人情思的书写,这在闻一多完全是手到擒来、如数家珍的举动,他的诗歌由此带上了浓郁的中国个性、中国"声音",而他本人亦像传统化育的精灵。在闻一多的诗歌、为人中,我们能清晰地感觉到中华文化由传统向现代转变的努力与阵痛。

《红豆》组诗的书写有个特殊的前提,它并非通常的小别胜新婚的夫妻间的相思。俗话说,强扭的瓜不甜,但闻一多在《红豆》中的炽烈思念偏偏建立在强扭的瓜上。闻一多与高孝贞的结合,属于不折不扣的包办婚姻。高孝贞是闻一多的姨表妹,两人在婚前仅见过一面。他们的婚事是在1912年闻一多考上清华留美预备学校的时候决定的,那年闻一多十三岁,高孝贞只有九岁。

闻家原是个较为开明的家庭,但在传宗接代的大事上,还是选择了旧时习俗。1922年,也就是闻一多出国的前一年，父亲担心儿子这一去心野了，再也拴不住，便采取了"逼婚"策略，要求儿子先完婚，后出国。闻一多本不愿如此草率地结婚，但拗不过父母与孝道的观念而最终屈从。突如其来的小家庭让闻一多的情绪一度低落到极点，他在给朋友的信中宣告："情的生活已经完了"，"我将以诗为妻，以画为子，以上帝为父母，以人类为弟兄罢"，"浪漫'性'我诚有的，浪漫'力'却不是我有的"。

新婚五个月后，闻一多赴美留学。让人诧异的是他一路情书不绝，父亲担心儿女情长会耽搁他的学业，将信件悄悄没收了。闻一多得不到妻子的回音，忍无可忍。他在信中写道："你死了么？"这时高孝贞方以实情告之。1923年寒假，他们的第一个孩子就要出世了。闻一多闻讯后，奋战五昼夜作了近五十首诗。这便是我们今天看到的《红豆》组诗。

理解《红豆》并不困难，因为闻一多写得太真了，他几乎要把心掏出来给你看，那是和盘托出的透明与灼热。即使文墨不精的鲁钝之人也不得不感动，就像《红豆》第十四首中他对妻子的倾诉那般。

当时的高孝贞识字不多，闻一多写道："我把这些诗寄给你了，／这些字你若不全认识，／那也不要紧。／你可以用手指／轻轻摩着他们，／像医生按着病人的脉，／你许可以试出／他们紧张地跳着，／同你心跳的节奏一般。"闻一多认为，真正的诗是超文字的，那种全部倚靠文字来传达的诗情，实在太普通、太俗气了。而他的诗是直接由自己那颗赤裸裸的爱心凝结成的，只要心与心相通，就能领悟诗意。这时候，不识字又有什么要紧的呢？

闻一多对妻子和婚姻的态度，为何会发生一百八十度的转弯？有人说这是因为他在美国的孤独、文化隔阂所致，也有人说是孩子的激发，既然生米已做成了熟饭……这些经验的推测都不无道理，但更为本质的原因是在闻一多爱情的生发机制上。闻一多说他是没有爆发的火山，那么他胸中奔涌的爱的能量究竟该投注在哪个目标、哪个人身上，就是一个必须解决的问题。

说得更直截了当点，爱的对象到底如何选择？这是闻一多个人的首要与根本问题。像闻一多这样的火山型人格弄不好很容易成为讨人嫌的滥情狂，或者变作极具破坏力的危险人物、极端分子，因为爱的背后、与爱连带而来的就是恨，是强烈的排他性。如今世界很不太平，有相当多的恐怖分子都是打着爱的名义，被爱怂恿着，去实施暗杀、爆炸类的极端行动。但闻一多没有，朋友们普遍反映，这是个天真、热烈的人，可闻一多决计没有杀伤力，更不会背后耍阴招使绊子。虽然在很多事情上他都显得马虎随意，但大是大非上闻一多向来拿捏得很准。

以爱情为例，好友梁实秋曾这样形容闻一多：在男女关系上，一多的表现既热情似火，又战战兢兢。可见这是个相当自律的人，绝非到处留情的花花公子。就闻一多而言，爱的前提，是对象选择的正当性，它不能违背和超越伦理的规范。这是一个纯真浪漫的诗人与传统君子浑然融合的现代人形象，当认定对象的正当性后，哪怕最初它跟自己的喜好不符，哪怕它一度让自己觉得痛苦难熬，爱的岩浆也最终会喷薄而出。

三

我们可以把闻一多的婚恋与他的诗歌追求对照参看，二者存在极大的共通性、互文性。西方人倾向于把作文与做人区分开来，作文要么是出于知识的积累与趣味，要么是为了实践作家的白日梦，一种纯粹虚构的快乐。而中国人则倾向于把做人与作文统一起来，只有这样，才觉得心安，感觉真诚靠谱、表里如一。闻一多尤其如此。

前面说过，闻一多是新格律诗派的代表人物。新格律诗，顾名思义就是要在白话诗的书写中重新引入格律，包括节奏、诗形的规范，等等。中国曾是律诗大国，闻一多对新格律诗的构想和倡导中带有鲜明的传统和古典趣味。格律对他来说，绝非单纯的形式技巧、审美追求，它跟闻一多现实生活中伦理化人性自律和理想是密切联系、互为因果的。诗歌对格律的遵循，正如人对伦理的恪守，二者彼此呼应。

在闻一多笔下，你看不到那种放肆露骨的书写抒情，在《红豆》第三十八首里，即使写蜜月中的妻子，最"香艳"的笔触也不过是"你午睡醒来，／脸上印着红凹的簟纹（簟纹是指席子的印迹），／怕是链子锁着的／梦魂儿罢？"这是乐而不淫，是含蓄克己的君子做派与诗风，是虽然疼痛却不乏充实崇高的生存与快感方式。闻一多曾把新格律诗的书写比喻为戴着镣铐起舞，越是有魄力的作家，越是要戴着脚镣起舞才跳得痛快，跳得好。只有不会跳舞的人才怪脚镣碍事，只有不会作诗的人才感觉格律的束缚。真正的诗人，格律是他表现的利器。只有接受格律的塑造与锻打，诗情的爆发才具有不可遏制的力度和真诚的感染性。

由此反观闻一多对高孝贞的态度，那俨然是首荡气回肠的人生格律诗。正是在包办婚姻的严苛的"格律"中，闻一多谱写了他真挚的爱情与恒久的相思："爱人啊！／将我作经线，／你作纬线，／命运织就了我们的婚姻之锦；／但是一帧回文锦哦！／横看是相思，／直看是相思，／顺看是相思，／倒看是相思，／斜看正看都是相思，／怎么看也看不出团栾二字。""有两样东西，／我总想撇开，／却又总舍不得：／我的生命，／同为了爱人儿的相思。"闻一多把"相思"同生命相提并论，自是为突出这种情感在内心深处的珍贵地位，这多少有些宿命的意味。他在说，人的生命是与生俱来的，相思也如此么？莫非从我降生的那一刻，就注定这辈子我都要恋着你？虽然你并非完美的女子，虽然中国已非昔日那个强大的中华，但除了你们，叫我还能思念谁？爱你，也是勇敢接受我的命运。

联想到闻一多的《最后一次演讲》，当枪声响起的那一刻，闻一多完成了他人生最后一首格律诗。在人人畏惧的痛楚的死亡格律中，闻一多迸发出了无与伦比的爱国"情诗"。从妻子的角度看，可能会有点怪闻一多，怎么这么急呢？为什么不再考虑考虑？为什么明知凶多吉少还要去演讲？太多的应当，太多的理由，太多的"诗"！凭青翼，问消息。花谢春归，几时来得。忆、忆、忆。

回到《红豆》集，我们对《红豆》组诗的喜爱，跟闻一多的人格魅力分不开。《红豆》让我们走近了闻一多，有时候真分不清究竟是《红豆》的诗感染了我们，还是闻一多的人让我们心动。透过《红豆》，一个光风霁月、深情缱绻的闻一多，跃然纸上：

　　　　我们是鞭丝抽拢的伙伴，／我们是鞭丝抽
　　散的离侣。／万能的鞭丝啊！／叫我们赞颂吗？

/还是诅咒呢？

　　他们削破了我的皮肉，/冒着险将伊的枝儿/强蛮地插在我的茎上。/如今我虽带着瘿肿的疤痕，/却开出从来没开过的花儿了。

诗中并未回避包办婚姻的尴尬，"鞭丝抽拢的伙伴"与强行嫁接的花儿，便是这难堪、困惑的提示，也唯其如此，方显出相思眷顾、彼此体认的可贵。作者甚至连彼此间因教育程度不同而可能造成的隔阂亦坦白道出："哦，脑子啊！/刻着虫书鸟篆的/一块妖魔的石头，/是我佩刀底砺石，/也是我爱河里的礁石，/爱人儿啊！/这又是我俩之间的界石！"这既是自省，也是对爱人的忏悔。《红豆》里没有惯常的抱怨与自怜，它应该可以看作是闻一多对夫妻情感的精心培养与呵护吧。

可补充的是，早在蜜月期间，就在连红喜字还未拆掉的新房里，闻一多完成了他青年时代极富才情的一篇诗论《律诗底研究》。这虽然在一定程度上冷落了新娘，但恐怕也是闻一多力图接受高孝贞的自我调节与暗示。一面是让人憋屈的包办婚姻，一面是对诗歌格律的营造。也许从那时起，闻一多已在有意无意地构想和实践他与高孝贞之间的格律化爱情了。就此而言，他在美国时对妻子的相思并不突兀。

闻一多与高孝贞后来感情甚好，他们属于先结婚后恋爱的美好典范。婚后，闻一多提出了许多"诗化吾家庭"的主张，高孝贞则夫唱妇随。20世纪40年代闻一多在西南联大任教时，由于物价飞涨，他决心戒烟，高孝贞坚决不答应。她说："你又没什么别的嗜好，就是喝口茶，抽根烟。平时已经这么辛苦了，为什么还要克扣自己。再困难也要把你的烟钱、茶钱省下来。"闻一多过去抽的是烟叶卷成的旱烟，因烟性太烈，抽起来呛嗓子、咳嗽。高孝贞看着心疼，便从集市上购买了一些嫩烟叶，喷上酒和糖水，切成烟丝，再滴几滴香油，耐心地在温火中略加干炒，制成一种色美味香的烟丝。闻一多很满意，常常自豪地向朋友介绍："这是内人亲手为我炮制的，味道不错啊！"

这类相濡以沫的事情还有很多，篇幅关系不能展开讲了。最后，想跟大家分享的是闻一多1937年写给妻子的一封信，当时七七事变刚爆发不久，身在北平的闻一多挂念到武昌省亲的妻子，故有此信。他写道：

　　这时他们都出去了，我一人在屋里，静极了，静极了，我在想你，我亲爱的妻。我不晓得我是这样无用的人，你一去了，我就如同落了魂一样。我什么也不能做。前回我骂一个学生为恋爱问题读书不努力，今天才知道我自己也一样。这几天忧国忧家，然而心里最不快的，是你不在我身边。亲爱的，我不怕死，只要我俩死在一起。我的心肝，我亲爱的妹妹，你在哪里？从此我再不放你离开我一天，我的肉，我的心肝！你一哥在想你，想得要死！

对此信，梁实秋这样评说："显然这已不像是一位诗人写的信了，它是一个平凡男子写给他平凡妻子的信，很平庸很真挚。"在我看来这亦可视为另一版本的《红豆》，虽然不及《红豆》华彩靓丽，但相思依旧。那是经历了无数的诗、无数华彩之后方才挣得的"简单"与"平凡"，最初的包办"格律"已全然被内化、忘却了。回首当初的结合，蓦地升起一种传奇之感。谁能想到，"我"的真命天子竟然以如此戏剧、让人纠结的方式露面了。就像《红豆》第三十六首中描写的那样：在掀起新娘红盖帕的一刹那，"我"在伊耳边问道："认得我吗？"

"州河"上的圣女与小兽

郜元宝讲贾平凹《浮躁》

一

《浮躁》是中国当代著名作家贾平凹 1986 年创作的一部长篇小说，反映改革开放初期中国乡村和城市翻天覆地的巨变。贾平凹笔下的城乡两地社会生活（小说以乡村为主而兼及城市）犹如那条贯穿商州的"深深浅浅，弯弯直直，变化无穷"的古老"州河"（原型是流经陕西、河南、湖北三省的丹江），终于告别枯水期，迎来了百年不遇的丰水期，也因此成为一条"最浮躁的河！"

丰水期的河流有利于渔业、航行和灌溉，但它日夜奔腾咆哮，不时制造船毁人亡的悲剧，令两岸居民特别是"吃水上饭"的船民心惊胆战，甚至溢出河道，泛滥成灾。这就好像当时全社会突然被解放的巨大生命力和创造力，因为不能立刻找到合适的出路，就横冲直撞，一方面生机勃勃，同时又泥沙俱下。

小说称这种状态为"浮躁"。

究竟何谓"浮躁"？书中那位神秘的"考察人"认为，"一场大的动荡过后，社会心理容易产生变态情绪，狂躁不安，丧失公德，不要法纪"，人们"时时都需要一种'强刺激'！"男主人公金狗当上《州城日报》记者之后，在"考察人"的启发下也有自己对时代精神的理解，"人的主体意识的高扬和低文明层次的不谐和形成了目前的普遍的浮躁情绪"。这都只是基于1980年代主流意识形态话语的规训而从宏观历史与社会心理角度所作的抽象概括，而小说的具体描写要比这种抽象概括丰富复杂得多。

不同人物都裹挟在这条"最浮躁的河"中，但因家庭和历史的背景、现实处境、性别、年龄和个性等方面的差异，大家又各有各的浮躁。正是通过对男男女女众多人物在1980年代初各自不同的浮躁展开深入细致的描写，小说《浮躁》才为那个急剧变化的年代留下了一幅十分真切而生动的写照。《浮躁》因此不仅是新时期文学的重要收获之一，也是贾平凹个人写得特别扎实的一部作品。1988年《浮躁》获"美孚飞马文学奖"而名噪一时，但由于贾平凹后来长篇力作接踵而至，他早期这部作品的重要性倒是有点被渐渐淡忘了。

二

在浮躁的人物群像中，有一个并不怎么浮躁的特殊人物，这就是女主人公——小水。

小水父母双亡，自幼跟着伯伯韩文举过活。韩文举粗通文墨，自以为是，整天牢骚满腹，觉得自己怀才不遇，其实只是百无一用的老光棍。他怜爱侄女，却并不懂得如何照顾她。小水还有一个在县城独自开着一家打铁铺的"麻子外爷"（外公）。这也是一位不知道如何照顾小孩的孤老头。因此小水很早就养成独立生活、本分隐忍、柔情似水但又有些自卑软弱的性格。无论伯伯怎样酗酒，外爷怎样唠叨，她都一味顺从，尽侄女和外甥女的职分，在城乡两处来来回回照顾两位任性的老人，从不喊冤叫屈。

小水不仅是孝顺的晚辈，也是处处为他人着想而私心很少的人。同村小学同学英英诡诈刁蛮地抢了小水心爱的初恋情人金狗，将小水推入痛苦的深渊。但金狗进城当记者之后继续暗暗牵挂着小水，不愿与英英结婚，这个狠毒的英英就反复利用、欺诈、诬陷小水。小水对英英的所作所为洞若观火，却总是从"英英也很可怜"的角度出发一再退让，就连言语之间也不忍予以揭穿，以至于在金狗眼里，小水是菩萨，英英则是一匹小兽。

在处理和金狗的感情关系上，小水尤其表现出菩萨（或圣女）的品行。她和金狗青梅竹马，两小无猜。成年之后，彼此的爱情水到渠成。但仅仅为了顺从伯伯韩文举的意愿，小水还是痛苦地离开了金狗，嫁给邻村一个比她还小的"小男人"。正当她准备与这个并不熟悉的"小男人"死心塌地过日子时，却飞来横祸。新郎在喜宴上暴病身亡，小水新婚之夜就守了活寡，还凭空招来"克夫"的罪名，只得黯然离开夫家，回到老光棍韩文举身边。

尽管如此，小水还"念惜小男人的可怜"，坚持为并未做成夫妻的"亡夫"守孝。这样过了好长时间，小水才认识到自己真正的所爱原来还是金狗。

此时的金狗刚从部队复员回乡，决心干一番大事业。金狗不愿再做庄稼汉，也并不把当地有权有势的田、巩两家放在眼里，于是他带领同样野心勃勃的几个杂姓青年如福运、雷大空等办起州河运输队，成了呼风唤雨的新一代能人。金狗血气方刚，欲望强烈，但"小水好道德"，坚持婚前守住"处女宝"，不让他越过底线。可看到金狗因为情爱不得满足而垂头丧气、懊恼失望，小水又痛苦万分，觉得很对不起金狗，反过来竭力抚慰对方。

英英就是在这节骨眼上乘虚而入，以她热情似火不管不顾的魅惑力令始终对小水忠贞不贰的金狗深陷泥沼，追悔莫及。事发之后，小水悲愤万分，可一旦了解到金狗完全是被英英引诱，就立即原谅了金狗。但英英绝不给金狗和小水重修旧好的机会，她谎称金狗若答应做她未婚夫，那么掌握一乡行政大权的英英的叔叔田中正就可以保送金狗去《州城日报》当记者。金狗正在疑惑着，小水却为了金狗的"前程"（也因为自己一颗心已破碎），毅然决定放弃金狗，让他和英英远走高飞。然而当小水看着金狗羞愧难当、心神不定的样子时，又安慰金狗说"你也有你的难处"，在分手之时还把自己衣服上的第三粒纽扣送给金狗。金狗知道那粒纽扣的位置就代表小水的一颗心啊。

这对恋人被活活拆散，固然因为第三者英英的诡诈，金狗的一失足成千古恨，但主要还是因为小水始终秉持着成人之美的善心。设想她如果也像英英那样唯我独尊，无所顾忌，那就肯定会出现完全不同的结局。小水后来自己也承认："不是金狗抛弃了她小水，则是她小水失掉了金狗啊！她眼红着英英，也佩服起英英，为自己的软弱和胆怯而心情沉痛。"小说的自我意识慢慢苏醒了。

三

在金狗眼里，"天下只有小水是干净的神啊！"其实就连此时的金狗也并不知道，菩萨或圣女小水也有"小兽"的另一面，只不过她自幼父母双亡，领养她的伯伯和外爷又都是不懂得怜惜女孩的老光棍，因此她"小兽"的另一面就长期被压抑下来。

然而当生活的残酷一再降临到小水头上，尤其当金狗果真离开家乡，远赴州城当记者、做"工作人"之后，小水的心思和行为也逐渐发生了微妙变化。她当然不会像英英那样自私自利、无所不为，而是开始了真正的自强自立，"将她的兽的东西，也是她原本最正常的人的东西全然使出来"。她并非自暴自弃要跟金狗赌气，而是完全想开了，"我就要这样活人！我就要这样活人！"此时的小水理直气壮地要从另一个男人那里"补回自己的过失"。就这样，小水很快就跟憨厚善良的福运结合，一度品尝到了家庭生活的幸福。

小水身上的圣洁与"小兽"的兽性是高度和谐而统一的。所谓兽性，其实就是人的正常的动物性求生本能与繁殖后代的性本能，所谓圣洁则是人之为人而异于禽兽的那样一份高贵与尊严（尤其在处理人与人的关系时表现出来的仁爱与宽容）。小水不会因为要满足自己的兽性欲望，就不顾人的高贵与尊严，像英英或另一个女子翠翠那样盲目追逐异性，但小水也不再像以前那样只顾着"好道德"（恪守道德伦理）而压抑正常的生命欲求。所以完整人性的这两方面至少在小水身上并不矛盾。

和福运结婚之后，小水对金狗的爱情并未立即消失，只不过这种往昔的情爱如今已转化为纯洁的友谊和浓浓的乡情。小水真诚而大方地关心跟英英解除婚约而自愿回家乡记者站工作的金狗，不仅照顾他的日常饮食，还为他张罗合适的对象。小水对丈夫福运的另一个发小雷大空的同情与爱护也是如此。在福运、金狗、雷大空三人合力重振州河船运、合力反抗村霸田中正的淫威，金狗支持并规劝"混世魔王"雷大空开展合法的贸易活动的那段时间，小水就"是菩萨，是保护神，是一只母鸡"，不仅负责三个青壮年及韩文举、麻子外爷的饮食起居，实际上还充当着他们这一群人的精神支柱。

一向软弱胆怯的小水就是这样成长为美丽温柔而又坚定刚强的女子。她既爱憎分明，杀伐决断，又明辨是非，惩恶扬善。在亲人中间她是宽厚温柔的家庭主妇，对外则敢于当着一帮官员的面，揭露乡长田中正欺男霸女、禽兽不如的本相。她还敢于独自一人拖着有孕之身跑到州城，为含冤入狱的雷大空和金狗四处奔波，寻求援助。

尽管命运之神一再给她带来不幸，尽管她差不多已完全认命，但她并不曾放弃最后一点反抗命运的心劲，就像她竟然独自一人，忍着绝望的剧痛，生下她和福运的孩子。

福运最后死于基层干部为讨好下乡的上级领导而强迫组织的非法打猎。雷大空在复杂的生意场上遭人陷害死在狱中。韩文举和"麻子外爷"已经老得只能依靠小水一人来照顾。鱼肉乡里的田、巩二姓村霸及其保护伞依旧大权在握。饶是如此，小水仍然心安理得地活了下来，并没有被残酷的命运击倒。

就是在这样的叙述脉络中，小水跟初恋情人金狗历经沧桑，受尽磨难，终于有情人终成眷属，也就瓜熟蒂落，顺理成章了。

善良的读者没有理由不感佩和祝福金狗和小水这对州河上消除了"浮躁"而归于平淡坚忍的患难夫妻，也没有理由不欣赏和敬仰小水身上所散发的糅合了圣女与"小兽"之特质的美好人性的光芒。贾平凹用稍带理想主义的手法成功塑造了小水这一独特的女性形象，让州河上那些浮躁之人在小水的反衬下一一显出各自的美与丑、善与恶。某种程度上也正因为有小水这位奇女子，浮躁时代呼啸而过，但美好的记忆总是令人难忘。

如果非要挑小水的毛病，那也并非没有，比如她容忍甚至鼓励身边的男人酗酒，经常让他们喝得烂醉如泥，自己在旁边也喝得不少。但谁又能站在道德制高点上指摘小水的这一"缺点"呢？她活得实在太艰难，以她的生存环境和文化修养，当然不能免俗，经常寄希望于用酒精的力量来调剂自己和亲人们的心绪。若说这就是小水的缺点，那也是她这样的乡村女子值得理解和原谅的一种无法超越的局限吧。唯其如此，她的形象反而更加可亲可信。

婚姻为何是围城

郜元宝讲钱锺书《围城》

一

钱锺书、杨绛夫妇是大学问家，也是大作家。百岁老人杨绛在外国文学研究与翻译方面成就卓著，比如许多人都是通过她的权威译本欣赏到西班牙作家塞万提斯的名著《堂吉诃德》。杨绛20世纪40年代的剧本轰动上海滩，五六十年代中断创作，20世纪70年代末又拿起笔来，创作了长篇《洗澡》和随笔《干校六记》《将饮茶》。这三本书十分精彩，文学史上都要载上一笔。

钱锺书的学术巨著《谈艺录》《管锥编》享誉全球，不管称他为"文化昆仑"是否恰当，钱先生具有中国学者罕见的世界级影响，还是确凿无疑的。他的创作集中于20世纪40年代，短篇小说集《人·兽·鬼》和随笔集《写在人生边上》融汇中西，贯穿古今，而长篇小说《围城》尤其显示了他在文学创作上过人的才华。

《围城》故事的背景，有一半是"孤岛"前后的上海。这里简单说说"孤岛"。1937年全面抗战爆发后不久，日军便占领上海。当时日本还没有向英、法、美等国宣战，因此一片战火中，英法美在上海的租界得以维持，加上逃难过来的中国有钱人家越聚越多，上海租界这个弹丸之地居然益发显出一种畸形的繁华，恰似汪洋中的一座孤岛。1941年底太平洋战争爆发，日军占领租界，"孤岛"沦陷。

《围城》创作于钱锺书夫妇蛰居上海时期，具体时间是1945年至1946年。所以钱锺书说他写《围城》的基本心态是"忧乱伤生"，即担忧战乱中的国家，悲叹战时人民的生活。但《围城》虽然不时提醒读者，故事发生在战争期间，实际上却并未正面描写抗战，只有几处侧面提到。小说基本上是绕开战争，描写战争期间的各色人等，主要内容则是留学归国的方鸿渐一连串的"爱情"经历，直至最后的结婚。

既然钱锺书这么重视方鸿渐的恋爱与结婚，读《围城》，我们就不得不以此为重点。

当然这里也有一个很方便的切入口，就是《围城》第三章方鸿渐的老同学苏文纨小姐提到的那个法国的比喻，说婚姻犹如被围困的城堡，城外人想冲进去，城里人想逃出来。这个比喻无非是说，没结过婚的人对婚姻充满幻想，想结婚，结了婚又失望，觉得还不如不结婚，或者干脆要离婚。

问题是，这跟钱锺书创作《围城》时"忧乱伤生"的心态有什么关系？钱锺书把这部小说命名为《围城》，究竟有怎样的寓意？

回答这个问题，就不能单单抓住这个法国的比喻，而必须具体分析方鸿渐恋爱与结婚的细节与过程，看看他是怎样将婚姻变成一座婚前想冲进去、婚后又想逃出来的"围城"。至于这跟作者"忧乱伤生"的心态有何关系，我们留到最后再讲。

二

方鸿渐的恋爱史有一个逐渐发展、变化的过程。

据方鸿渐的同学苏小姐介绍，大学时代的方鸿渐很害羞，老远看见女生就脸红，愈走近脸愈红，"脸色忽升忽降，表示出他跟女学生距离的远近"，所以绰号"寒暑表"。也许正是这个缘故，而且一直读书，经济不独立，又有老派父亲方遯翁的严加管束，方鸿渐打光棍到二十七岁，中间一次恋爱都没谈过。

但就是这么一只"寒暑表"，从欧洲"学成归国"之后，突然放开手脚，一年之内马不停蹄谈了四次恋爱。当方鸿渐在苏小姐和唐小姐之间忙得不亦乐乎的时候，他那挂名的岳母周太太还为她夭折的女儿吃醋，说"瞧不出你这样一个人，倒是小娘们你抢我夺的一块好肥肉"。这大概因为方鸿渐年岁渐长，不急不行，而且经济勉强独立，方遯翁的管束也大不如从前。但此外还有一个原因，就是小说第七章三闾大学那位汪太太所说："你们新回国的单身留学生，像新出炉的烧饼，有小姐的人家抢都抢不匀呢。"汪太太所言不虚，一定程度上反映了方鸿渐的某种优势：他是那个年代的"海归"，颇受未婚女性欢迎。

其实到了20世纪三四十年代，"海归"优势也今非昔比。方鸿渐两个弟媳妇就认为，他留学并没什么好处，还不如没留学的两个弟弟挣钱多。方鸿渐在恋爱上突然活跃，更主要的还是主观思想上的因素，比如上述年纪大了着急、经济勉强独立这两点，但苏小姐的批评还揭示了更值得注意的一点，"想不到外国去了一趟，学得这样厚皮老脸，也许混在鲍小姐那一类女朋友里训练出来的"。对此方鸿渐矢口否认也没用。不说别的，至少在回国轮船上，他跟鲍小姐那种露水夫妻的关系，也只有同样留学欧洲的苏小姐能包涵，如果让方鸿渐父母或弟弟、弟媳妇们知道，岂不要昏厥过去？

总之，留学回国之后，仗着留学生尚存的一点优势，和勉强独立的经济能力，又因为年纪大了，特别是观念更新了，方鸿渐在男女关系上终于一扫过去的"羞怯"，变得相当主动，相当开放，也相当实用。另外他还练就了三寸不烂之舌，迷倒不少女性。

三

首先我们看，方鸿渐和那位比他还要开放的混血女郎鲍小姐的关系，显然违背了无论中西新旧的道德规范，但方鸿渐本人对这件事的态度值得玩味。除了因为被鲍小姐玩弄而感到"吃亏""丢脸"，方鸿渐其实并没有认错，更谈不上忏悔。他对待性关系的这种态度，虽然穿着"现代"的外衣，其实是不成熟、不纯洁、太随便了。他自己意识不到，后果却十分严重，他的爱情婚姻之路，一开始就危机四伏，坎坷不平。

当然他也有过真诚纯洁的恋爱，譬如他和唐小姐的关系。可惜这种恋爱来得突然，去得也突然，几乎转瞬即逝。方鸿渐和唐晓芙的恋爱失败，固然因为苏小姐的挑拨离间，但苏小姐之所以要挑拨，就因为方鸿渐认识唐小姐之前，已经跟苏小姐建立了一种不明不白的关系，而且苏小姐的话又并非凭空捏造，难道方鸿渐能理直气壮地找唐小姐，说他在轮船上跟鲍小姐的关系是无懈可击的吗？

所以归根结底，方鸿渐未能够获得纯洁美好的爱，本身就是他和鲍小姐的苟且关系的恶果。这件事还滚雪球一样催生了新的恶果：因为和唐小姐恋爱不成功，方鸿渐索性否认了纯洁的爱情本身，这就导致他以后在男女关系上采取更加玩世不恭的态度。

方鸿渐在男女关系上的随便，不仅表现为性关系的不严肃，还表现为过于看中实际的物质利益。他维持和挂名的岳父岳母的翁婿关系，在方遯翁看来或许是"诗礼之家"的体面做派，没有因为未婚妻夭折而人情淡漠，但方鸿渐本人未尝没有物质上的考虑。他刚刚回国，工作不好找，方家虽是地方望族，经济却并不宽裕，"点金银行经理"周先生无疑是一个很不错的靠山，所以方鸿渐才甘愿寄人篱下，继续做人家挂名的女婿。一旦拿到三闾大学聘书，翅膀一硬，他就拂袖而去，全不念他跟那位没见过面的"亡妻"的情意了。

住在挂名岳父家期间，方鸿渐还到岳父的朋友、花旗洋行买办张先生家上门相过亲，看张先生的独生女儿是否适合自己，结果被张先生全家瞧不起。相亲失败，岳母周太太还很可惜，方鸿渐却满不在乎，原来他奉行《三国演义》中刘备的原则，"妻子如衣服"，他在张家打牌赢了钱，买下早就看中的高级皮外套，"损失个把老婆才不放在心上呢"。

再看方鸿渐跟苏小姐的关系。这确实非常棘手，对这件事的犹豫不决的态度，更加暴露了方鸿渐在男女关系上的随便与务实。其实他一点都不爱苏小姐，但出于无聊，又明知山有虎，偏向虎山行，主动跑去拜访人家，还喜欢抖聪明，总是说一些暧昧含糊的话，让人家苏小姐的误会不断加深。这中间就不能排除他看重苏小姐父亲是达官贵人，跟苏小姐保持良好的同学关系有益无害，因此在需要挑破那层窗户纸的时候，他总是不愿挑破。他固然不爱苏小姐，但某个时候，比如在和苏小姐单独赏月的晚上，刻意打扮一番的苏小姐的异性魅力还是打动了他，因此才稀里糊涂吻了人家，终于将双方的关系拉到极其尴尬的境地，最后才如梦初醒，落荒而逃，彻底把事情搞砸。

四

总之，无论跟鲍小姐，跟没见过面的未婚妻周小姐，跟唐小姐，跟苏小姐，方鸿渐的态度都可以说是随便、苟且、模糊暧昧而又自作聪明。最后在跟孙柔嘉的关系上，方鸿渐又故技重演，这才真正尝到了婚姻是围城的滋味。

首先他和孙柔嘉只是订婚，并未结婚，就轻率地同居，重演了他和鲍小姐之间的苟且之事，后果当然不仅被两个弟媳妇看不起，更可怕的是每次夫妻吵架，孙柔嘉都会揭起旧伤疤，把这当作方鸿渐并不真爱她而只是为了满足性欲的证据。婚前性行为似乎并没什么了不起，其实乃是破坏其婚姻的一颗定时炸弹。

再比如，和唐小姐恋爱失败，始终是方鸿渐心头无法挥去的阴影，令他在感情上自暴自弃，不再相信爱情的纯洁与美好。一次夫妻吵架，孙柔嘉指责方鸿渐还想着唐小姐，方鸿渐因此被逼着说出了一段真心话："现在想想结婚以前把恋爱看得那样郑重，真是幼稚。老实说，不管你跟谁结婚，结婚以后，你总发现你娶的不是原来的人，换了另外一个。早知道这样，结婚以前那种追求、恋爱，等等，全可以省掉。"他的意思是并不相信爱情，这就伤透了孙柔嘉的心，骂他"全无心肝"，当初要她，只是为满足性欲，一点不是因为爱。

说到这里，就无法回避有关《围城》的一个难题：方鸿渐为何要娶孙柔嘉为妻？

有人（包括方鸿渐的"同情兄"赵辛楣）说，是因为孙柔嘉太厉害，假装无知少女，处心积虑布好圈套，引方鸿渐上钩。赵辛楣还说方鸿渐"太 weak"，太软弱，太被动，完全是撞到孙柔嘉枪口的一个可怜的猎物。其实这样说对孙柔嘉并不公道。一个未婚女子有追求爱的权利，即便耍点小手段小聪明，也情有可原，那才更足以证明她真爱这个男人。相反作为男人，方鸿渐如果一点都不爱孙柔嘉，尽可以干干脆脆告诉人家，而不能像他处理和苏文纨的关系时那样扭扭捏捏，不明不白，最后还可怜自己"weak"，把责任全部推给女方。

方鸿渐和孙柔嘉的关系，某种程度上确实重演了他当初和苏文纨的关系，区别在于他对孙柔嘉可能比对苏文纨更多了一些好感。至于实际或实惠的一面，似乎不太明显，但我们也不要忘了，在落后封闭的三闾大学，来自上海的姑娘孙柔嘉也算是鹤立鸡群，方鸿渐要选择一个对象，也非孙柔嘉莫属。这其中就不能不包含一层实际和实惠的考虑。

不管是否出于钱锺书的本意，总之我们从方鸿渐的恋爱婚姻中确实能看到，一个人在男女关系上有忠心、有爱心是多么重要。具体到方鸿渐这样一个男人，如果不能在恋爱婚姻上取得成功，而是鸡飞蛋打，四面楚歌，又怎能"正心诚意，修齐治平"？

钱锺书写《围城》，确实是"忧乱伤生"。但令他忧伤的不只是国破家亡，也包括他笔下方鸿渐、赵辛楣等知识分子所面临的精神道德上的困境。当我们看到被孙柔嘉骂作"全无心肝"的方鸿渐最后"和衣倒在床上"的那副几乎要死掉的样子，我们担忧的就不止是这个归国不到一年的二十八岁青年的明天，也是无数个这样的青年所组成的国家民族的前途。